赤×ピンク

桜庭一樹

角川文庫
15028

CONTENTS

File. 1

〝まゆ十四歳〟の死体

まゆ十四歳

泣き虫。孤独好き。好物はチョコバナナパフェ。

指名料 3000 円

わたしは生命力が弱い
生きることそのものに偏差値をつけたら
42ぐらいなんじゃないかと思うんだ

泥が滑る。

ようやく立ったと思ったら、足を取られてまた膝《ひざ》をついてしまう。ついた膝がぐにゃぐにゃして、両手をバタバタさせながらもう片方の膝も泥の中に埋まってしまう。

泥の表面から床までは思ったより遠くて、泥の中でうごめいている時間がとても間延びして長く感じられる。ようやく床にたどりついたと思ったら、周囲の泥にねっとりした流れができて、それに逆らおうとした途端、流れが逆に強く感じられるようになり、わたしの体はぐにゃぐにゃと流されて尻餅《しりもち》をついてしまう。

足もお尻も泥に埋まったら、そこから抜けだすのはたいへんだ。両手を振り回してバランスを取ろうとして失敗し、覚悟を決めてその両手を泥の中に突っこむ。泥の抵抗を感じながら、なんとか床に手のひらをつけ、力を込めてお尻を泥から引きだそうとする。

遠くからなにかが聞こえる。

わたしは目を凝らす。……眩《まぶ》しい。

泥の水平線の向こうに、暗闇がある。わたしを飲み込んでしまいそうな、いつか悪夢に見たことがあるような暗闇だ。そちらからなにかが絶え間なく聞こえてくるけれど、わたしの耳も、目も、なにもかも……五官がぐらぐらとゆるんでいて、それに耳をすますことも、目を凝らすこともできない。

暗闇の上のほうから眩しい白いライトがわたしを照らしている。不吉な灰色をしているはずの泥も、それに照らされて白々と輝いている。わたしの肌も泥にまみれて白い。魚の腹みたいにぬめぬめと白い。

悲鳴を上げたい。

誰か助けて。

こわいよ。ここはいや。

……ライトに照らされたわたしの目の前の泥に、もう一人のわたしがいる。その少女ももがいている。わたしより長い手足。わたしより大きな瞳《ひとみ》に、わたしより高く通っている鼻筋。赤い唇は肉食獣みたいにヌルリとてかっている。

わたしはもがく。彼女ももがく。

彼女が先に立ちあがってしまう。歓声が大きくなる。

泥まみれの彼女の体は、ラバー製の黒い衣装で包まれている。威圧的な尖《とが》ったラインが、彼女の獣じみた魅力を増幅してわたしをおびえさせる。泥にまみれながらも、ラバーの黒はところどころから覗《のぞ》いててらてらと光る。

彼女が長い手を伸ばす。

わたしは襟《えり》をつかまれて立ちあがらされる。

もともとは淡いピンク色をしていた衣装。ひらひらのレースやフリルで飾ったウェイトレスのような服だ。短いスカート。絞られたウェストに、胸元のわずかな隆起。ほんとはB－70カップの胸を、A－65カップのブラジャーで押さえつけてる。髪にはティアラの形をしたレースの飾り。……泥だらけの、不恰好《ぶかっこう》なみっともない姿。

わたしが泥の中からゴミみたいに持ち上げられた途端、周りの暗闇から地響きのような大きな音がする。

彼女が泥まみれのロングヘアを揺らし、辺りを見回す。背筋を伸ばし、堂々としたその姿に、わたしは畏怖《いふ》の念を感じて動けなくなる。

わたしたちを閉じこめた真っ黒なフェンス――八角形《オクタゴン》の檻《おり》――の中に、とつぜん、さっきまで聞こえなかったその暗闇からの音が、耳を塞《ふさ》ぎたくなるほどの大音量で響きだす。

……ゆ……！　ま…ゆ…………！

まーゆ！　まーゆ！

まゆ！　まゆ！　まゆ！

誰かがわたしの名前を呼んでる。

たくさんの声が響いてる。そして地面を踏みならす音。

肉食獣に捕らえられた鹿の子供みたいな、なすすべもないわたしの名前を、暗闇から男たちが叫んでいる。檻の向こうから手が伸びてくる。檻を揺らし、足踏みしながら、男たちが叫んでいる。

彼女は大きな瞳をきゅうっと細めて、檻の向こうに目を凝らす。

それからわたしに向き直る。目が合う。名を呼ぶ声と、揺らす音が、いっそう大きくなる。わたしは声もなく、ただ心の中で悲鳴を上げる。彼女は十分なためを作って……期待が最高潮に高まる瞬間めがけて……その白い、女性にしては大きな手のひらをふりあげる。

静寂《せいじゃく》が訪れる。

………バシッ！

頬が打たれ、わたしはその衝撃に吹き飛ばされるように再び泥の海に落ちていく。声が大きくなる。わたしは……わたしは…………。

わたしは、思う。

とても不思議だ。

………なんでみんなわたしの名前を呼んでいるの？

まーゆ！　まーゆ！　まーゆ……！

☆

「いやー。いいね、泥レス、最高！」

「は、はぁ」

ショーが終わった後、わたしは両手にシルバーの手錠《てじょう》をかけられたまま、指名料を払ったお客さんのベンチをぐるぐる回っていた。

なんでだか知らないけれどやたらと指名が多い。ネオナチ風の軍服に身を包んだウェイターに呼ばれるたび「すいません……」と席を立っては、手錠をぐいぐい引かれて、よろめきながらべつのベンチに連れられていく。

しっとり湿った土が、歩くたびにわたしの足を取りそうになる。明々と燃える松明《たいまつ》の横を通ると、その熱さが肌に伝わってきて、うつむいた頬が燃えるように熱く痛む。

呆然《ぼうぜん》と見上げる夜空には、ぽつり、ぽつりと光弱い星が儚《はかな》く瞬いている。

わたしはまたうつむき、引きずられて歩いていく。

……わたしは、お喋《しゃべ》りが苦手だ。ほんとはもう二十一歳だというのに、未《いま》だに人見知りする。初めて会ったお客さんとうまく言葉のキャッチボールなんてできないし、かといってよくくるお客さんとも、なじみっぽい慣れた会話なんてできない。いつまでたってもなつかない、愛嬌《あいきょう》の足りない猫みたいな女だ。

「わ、わたしと……」

その夜、わたしを指名したお客さんの一人に、ふと聞いてみた。

「わたしと話して、た、楽しいですか？」

「ぎゃははは！　なに言ってんの、まゆちゃん。ぼくはまゆちゃんの姿に、とっても癒《いや》されるから、きてるんじゃないか」

「はぁ？」

「キャバクラじゃあるまいし、そんな、しゃべんなくていいよ。かわいいかわいい。愛《いと》しいよ。ずうっとそうやって、困った顔して座っててくれよ」

「はぁ……」

手錠をかけられて困った顔で座っているだけの、泥まみれの二十一歳女子に、三千円……。ものの値段というものは本当にわからない。だって、映画の前売り券が二枚買える値段だ。ハンバーガーなら十個。駄菓子屋のコーラ飴《あめ》なら三百個買える………。

体中に付着した泥が次第に乾いて、ぱりぱりしてきた。顔なんてパック中のように固まって、笑うこともできない。かちかちになって、居心地悪そうにただ座っているわたしに、そのお客さんは続けて言った。

「まゆちゃんがさ、檻の中で怯《おび》えてる。ほかの女の子はみんな、強い。闘志むきだしだろ。だけどまゆちゃんだけ怯えてる。それで、一人で怯えてるだけじゃなくて、救いを求めるようにこっちをみつめるだろ？」

「はぁ……。あの、あんまり見えてないんです。檻の中から、外は。ライトが眩しくて」

「ふーん。でもさ、なにか、こう、捜すように、すがるような瞳で見回すだろ。助けてって顔で。でも、助けない。でも、見てる。……それがいいんだよね。たまんないんだよね。あ……まゆちゃんもう行っちゃうの。来週もくるね」

「あ、はい……。お願いします」

わたしが頭を下げると、そのおじさんは満足そうにうなずいた。

これは物語。

ここで行われているのは一つのイベント。

『ガールズブラッド』と銘打って毎晩開催される、地下キャットファイトクラブの悪趣味な物語だ。

わたしたちは檻の中の囚人。お客さんは、わたしたちが心からも体からも流す、新鮮で、でもどこか嘘くさい血を観に集まってくる。非合法かもしれない怪しげなショーを観るために。

六本木駅を降りて、麻布《あざぶ》方向に横道を下っていくと、統廃合されて廃校になった小学校の廃墟《はいきょ》がふいに現れる。その道は説明しづらく、一度行っても、二度目のとき迷ってしまうほどわかりにくい。

小学校の暗く薄汚れた正門は、普段は鍵《かぎ》がかかっている。でもいつの頃からか、夜になると密《ひそ》かに開けられるようになった。会員制の『ガールズブラッド』の客たちが、今夜も闇に紛れてひっそりとやってくるのだ。一人、また一人……。

暗い校舎の前を通り過ぎ、中庭に出ると、木々と、たくさんのベンチと、キャンプファイヤーのように明々と揺れる松明の炎。

そして真ん中には真っ黒な八角形の檻が設置されている。

激しい音楽に耳がいかれそうになる。檻の中には、わたしたちがいる。派手な衣装を着せられ、手錠をかけられて鎖につながれた女の子が。

軍服姿のウェイターが、わたしたちを監視するように、そこかしこに立っている。松明がパチパチと音を立てている。月明かり。夜空。

白いライトがつけられると同時に、派手に花火が打ち上げられ、女の子たちは叫び声を上げて檻の中で暴れ回る。

非合法なのか、許可を取っているのか……。この廃校も、オーナーが買い取ったものだとか、ちがうとか……。働いているわたしたちにもわからないことばかりだ。オープンして二年ぐらい経っているらしいけれど、客足は少しずつ増えている。入場料は一万円。指名は二千円から。完全会員制で、常連さんは中庭の前で、ネオナチ風のウェイターに会員証を提示して入ってくる。

わたしがここに勤め始めたのは、半年ほど前。それ以来、毎晩やってきては、ここで〝女の子の格闘《キャットファイト》〟を観せてお金をもらってる。

こういう仕事をしていることは、親にも誰にも言っていない。友達……は、いないから、いいんだけど。おかしいけれど、ここでしか生きられないって気が、いまはしてる。だけどそういうこと、うまく説明できない。

自分で自分がもうよくわかんないから。

ただ奇妙な浮遊感があって、もうすぐ死んじゃうようなへんな予感っていうか希望っていうか、そういうものとともにわたしはここに、陸《おか》の海月《くらげ》みたいに漂い続けてる。

ここはきっとロワッシーの館で、わたしたちはO嬢で、お客さんたちは、つかのまステファン卿《きょう》になるためにきてるんだと思う。日常ではありえない役割を買いに。一万円のO

嬢。それがわたしたちだ。

「今日の売り上げは目標達成。指名トップはまゆ。えー、各自反省点は」

就業時間後。

壁時計を見上げると夜の十一時だった。今日は店じまいが早いみたいだ。

廃校の一階にある教室の一つ……わたしたちの控え室で、ミーティングが始まった。女の子たちはそれぞれ、散らかっている、小学校低学年用の小さな机を椅子代わりに、思い思いに座っては、化粧を直したりぼんやりと社長の顔を見上げたりしている。それぞれ、ウェイトレスの衣装や、水着、セーラー服、暴走族風の白ラン……バラバラな衣装を身につけたままだ。静かで、不思議に非現実的な風景だった。

なにも書かれていない古びた黒板の前に立つ社長は、やる気があるのかないのかわからないだらーっとした姿勢で、しゃべり方も適当な感じだ。

「とくにありませーん」

「ないでーす」

社長は多分三十代半ばぐらいだと思う。背がやけに高くて瘦《や》せている。黒いスーツに、こんな暗がりでも黒のサングラス。右手の中指になぜかペンだこがある。大金持ちの御曹《おんぞう》司《し》だとか、売れっ子のホラー作家だとか、いろいろつかみ所のない噂があるけれど、ようは大規模な道楽としてこの『ガールズブラッド』を開催しているということらしい。

いつもかったるそうなだらっとした態度だけど、その割にショーの運営はきっちりしている。なんだかよくわからないおじさんだ。都会にしかいない、得体のしれない雄《オス》の一匹ということなんだろう。

女の子たちの中から、一人が手を上げた。鋭角的な黒ラバーのSMファッションに身を包んだ、肉食獣みたいな子……わたしと泥レスした子だ。

社長が顔を上げた。

「なんだ、ミーコ。うわ、おまえ……泥だらけだな」

「当たり前です、社長。それより、わたしのさっきの平手打ちのタイミング、あれでよかったかな？　ためが足りなかったかなって思って。どう、まゆ？」

急に聞かれて、わたしは面食らった。「え、ええとぉ……」とあわあわしてから、何度もうなずいた。

「あれでオッケー？」

ミーコがその大きな瞳《ひとみ》で覗《のぞ》き込んでくる。

「う、うん。よかったと……思う」

「じゃいいや。よし、じゃ社長。わたしたちシャワー浴びますから」

「おー。ちゃんと泥流せよ。ひでーナリだ」

社長はのんきな口調で言うと、手のひらをひらひらさせて、わたしとミーコを追い払うような仕草をした。

のろのろしているわたしに、ミーコが肩を抱くようにして耳元でささやいた。

「いこっ。もー限界。全身ばりばり」

「わ、わたしも……」

「流しっこしよっ、まゆ」

わたしはあわてて早足になった。ミーコは歩くのが速い。大股《おおまた》でどんどん歩いていってしまう。肩を抱かれたままだと、わたしは小走りにならないと転んでしまいそうになる。

シャワーは屋外にある。廊下の奥に、わたしたちが更衣室代わりに使っている理科準備室があり、女の子の荷物で散らかるそこから、黒い遮光カーテンを開けて窓の外に出ると……プール用の屋外シャワーが設置されている。お湯も出るようになっていて、わたしたちはそこを青いビニールシートで囲んで外から見えないようにして、使っている。

上は仕切っていないから、月明かりと、散らばる星の下で、わたしたちは裸になる。奇妙な解放感と、厭世観《えんせいかん》がある。官能的なのに空っぽな感じの、不思議な時間だ。

ミーコはわたしを抱えたまま、シャワーコーナーに飛びこんだ。抱きしめられながら、わたしは、ミーコの白い肩と腕の柔らかな筋肉の動きをぼんやりみつめていた。

ミーコは力が強い。背も高いし、手も足も長いし、反射神経もすごくいい。きっとこのクラブの中で、本当はいちばん強いんだと思う。女の子の中には、高校生のときに空手をやっててインターハイにも行ったとか、柔道の有段者だとか、自衛隊にいたとか、そういうホンモノっぽい子もいるんだけど、彼女たちは自分がやりたいことしかやらない。空手

VS柔道のときは、寝っころがって寝技に持ちこもうとする子と、立ち技を強要する子で、往年のモハメド・アリVSアントニオ猪木《いのき》の試合みたいなことになって客席はブーイングの嵐だったんだけど、二人とも全然気にしてなかった。ホンモノにとっては、自分が勝つのがいちばん大事だからだ。

ミーコはちがう。ミーコはいつもお客さんのことを考えてる。今日だって、わたしのファンが喜ぶように、わたしをリードして見せ方のうまい試合運びをしてくれた。わたしが派手にぶっ飛んで、お客さんが喜んで総立ちになって……わたしの人気は上がる。

だけど、ミーコがもっと大暴れしたら気持ちいいのになって、わたしは考える。ミーコは野生動物のくせに……そう、ほんとはベンガル虎のくせに、ちょっと大きめの猫のふりをしてるのだ。とてもムリがある。そのムリは哀しい。

生臭い血の滴《したた》り落ちる生肉をむさぼり食うミーコが見たい。

「……なにボーッとしてんの。いくよ」

ミーコがシャワーノズルをこちらに向けていた。わたしが目を見開いたつぎの瞬間、ノズルから水が噴きだしてきた。その向こうにミーコの大きく開いた口が見える。真っ赤な唇。笑ってるんだ。

「きゃーっ！　ミーコ、これ水だよ、水、水！」

「わかってるって。さぁ、ひざまずいて許しを乞《こ》うがいい！」

「それ、職場違うって、ミーコ女王様！　それは昼のバイトでしょ！　うわーん、冷たい！」

「脱いじゃえ、脱いじゃえ！」

わたしはあわてて衣装を脱ぎ捨てた。洗濯物を入れる籠《かご》の中に放りこむ。ミーコは相変わらず、発作みたいに笑ってる。まったく、いい気なもんだ。わたしはあわててスカートとその下の下着を一緒に脱いで籠に放りこんだ。

ムリしてつけていた小さいサイズのブラを取る。解放感とともに、ささやかな大きさのわたしの胸が飛びだしてくる。ミーコは相変わらずげらげら笑いながらわたしに水をぶっかけている。わたしは手を伸ばしてシャワーノズルを奪い取ると、迷わずミーコの顔に向けた。ミーコは今度は悲鳴を上げながら、自分もあわてて女王様の衣装を脱ぎ始めた。ほんのり赤く、ラバーの跡がついた白い肌が、脱皮するように表に出てくる。びっくりするぐらい大きな胸。極端にくびれたウェストと大きなお尻《しり》。コカコーラの瓶みたいな胴体。それとはアンバランスなぐらい細く、長い、手と足。

お互い、笑いながら何度も飛びあがる。ミーコの笑いが伝染して、わたしまで大笑いしてしまう。タイルの上ではねながら、髪や、鎖骨のくぼみや、脇にはりついている泥を湿らせて流していく。ミーコが恒例のをやり始めた。瓜《うり》みたいに大きな胸を両手で持ちあげる。わたしがシャワーノズルを反対に向けて、胸の下に入り込んだ泥を落としてやる。二人とも急に黙り込み、真剣な表情になる。蟹《かに》を食べるときと一緒で、なぜかこの作業のときは静かになるのだ。

わたしがふと思いついて、つぶやいた。

「ねぇ、ミーコ」

「……んー？」

「もしかしてさ、お客さん、こっちのほうが喜ぶんじゃない？」

一瞬置いて、ミーコがブーッと吹きだし、「ホントだ。そうかも。やだー、まゆっ！」

と言いながらまたわたしにシャワーを向けた。わたしも激しく笑いだして、息ができないほど、タイルの壁によりかかって肩を揺らした。

「ねー、泥、流し終わった？」

と言いながら、遅れてほかの女の子たちも、ガラガラと理科準備室の窓を開け、屋外のシャワーコーナーに出てきた。声も出せないほど笑っていたわたしたちは、何度もうなずいて、シャワーノズルを差しだした。女の子たちはあきれたようにわたしたちを見ている。

「なに笑ってんの。あんたたちっていっつも楽しそう」

「だ、だだ、だって、まゆがさ。わたしがこーやって、オッパイ持ちあげてたら……」

わたしのセリフを聞いたほかの女の子たちも、一瞬置いてげらげら笑いだした。

「やだー、まゆ」

「するどいかも」

「まゆのえっち！」

「きゃはははは！」

笑いは伝染して、星空の下、青いビニールで仕切られた廃墟《はいきょ》で、いくつもの白い体が飛び跳ね始めた……。

☆

シャワーの水をはじく肌をタオルで拭《ふ》きあって、用意してきた替えの下着を鞄《かばん》から出す頃。ようやくわたしもミーコも笑いの発作が収まった。

ほかの女の子たちはさっさと服を着て、終電にぎりぎり間に合うから、と暗い廊下に飛びだしていった。二人だけになった理科準備室には、急激な静寂が満ちて重苦しくなった。いつものこと。これもいつものことだ。狂ったように笑い、はしゃぎ回った後、わたしたちは急に静かになる。お互い、そんな空気を変えようとも思わず、見えない暗い沼にどっぷり浸かって、のろのろと下着を手に取り、身につけ始める。

ミーコは黒や赤の、高価そうな総レースの下着をいつも用意してくる。日本人離れしたその体に、外国の下着カタログから取り寄せたような、レースのおもちゃみたいなそれらはぴったりとフィットする。わたしは、ワコールとかトリンプで購入した、ごく普通の下着しか持ってこない。色も、白か薄いピンクか、水色。

二人がブラを装着して、背中やお腹辺りからお肉を寄せて上げていると、理科準備室のドアが、コン、コン……。

かなり控えめにノックされた。

わたしとミーコは顔を見合わせた。

「皐月《さつき》？」

「……あー、うん」

廊下から、女にしてはハスキーな声がした。辺りをはばかるような小声で、

「着替え終わった？」

わたしとミーコは、互いの姿をチェックする。どちらからともなく、

「あのー、ブラはつけた」

「……は？」

「パンツははいてない」

「……二人とも？……なんかしてたのか？」

「なっ、なんかってなによ⁉」

ドアの外側で、皐月があきれたように木製のドアに背中を預ける気配がした。ため息が聞こえてきた。

「おまえら、二人とも、おっかしいんじゃないのか」

「なんでよ？」

「普通、パンツはいてから、ブラつけるもんだろ？　なんで逆なんだよ。……やっぱなん

かしてたんだろ」

「そんなわけないでしょ。さっさと入ってきなよ」

ドアの外でためらうような沈黙が流れた。続いて、さらに低音になり、

「あんたたちがそのくそったれパンツをはいてくそったれ私服を着終わったらな」

皐月の深刻そうな声に、わたしとミーコは顔を見合わせた。小声で「仕方ないか」「もうちょっと裸でいたかったんだけど……」と文句を言いながら、急いでパンツをはき、私服を手に取った。

ミーコは超ミニのデニムスカートに、網タイツ。ロックスターが着てるような、よくわからないロゴの入ったぼろぼろのタンクトップ。わたしは白いTシャツに七分丈のコットンパンツ。きちんと着てから、「おっけー、王子さま」とつぶやき、ドアを開けた。

苦虫をかみつぶしたような顔で、白ラン姿の、長身の女が立っていた。皐月だ。警戒するようにちろりっと、薄暗い理科準備室の中を横目で見る。

「……ちゃんと着てるってば」

無言でうなずいてる。

皐月は十九歳のフリーター。さっき言った、空手でインターハイでモハメド・アリっていうのは、この子のことだ。背はミーコと張るぐらい高いけれど、線が細くて、きゅっと無駄なく筋肉の引き締まった体をしている。腰骨に引っかけるようにはいたユーズドのジーンズに年季の入ったレザージャケット姿とかで、冬でも750ccの馬鹿でかいバイク

を操ってやってくる。髪は短くて、アッシュ・ブロンドに染めてリーゼント風に固めている。透き通るように肌が白く、青い血管が透けて見えそうなほどだ。ファイトのときはあまり肌を見せず、サラシを巻いた上から、長い白ランをはおり、両腕を背中に回して、背筋を伸ばしてすっくと立つ。

ボーイッシュでかっこいいってわたしは思うのだけれど、なぜか男性のお客さんにはあまり人気がない。女の子にキャーキャー言われるタイプらしくて、皐月見たさに恐々とやってくる女の子のお客さんが少しずつ増えている。でも、本人は女嫌いだ。指名されて、手錠を引っ張られてベンチに繋《つな》がれても、苦虫をかみつぶしたような顔で黙って煙草をふかしている。

自分も女なのにへんなやつって思うけど、皐月は女が苦手らしい。ファンにも邪険な態度を取るし、こうしてわたしたちが一緒にシャワーを浴びていると、絶対に入ってこない。自分の体も絶対に見せない。ショー以外では肌を露出するファッションもしないし、人前で裸にならない。それに、あんまりいやがるから、いつだったかわたしとミーコが「もう服着たよ」って嘘をついて、ドアを開けた途端裸で抱きついたら、本当に「うぎゃあああああああ〜〜!!」って、地獄の三丁目でゴーレムに抱きつかれたような悲鳴を上げた。あのときの皐月の顔は忘れられない。顔全体に無数に「裏切り者〜!」って字が書かれていた。あまりにもシャレにならなかったので、それ以来、わたしもミーコも、二度と彼女に悪ふざけはしない。なんといっても、皐月はその月のあいだ一度も理科準備室に近づかなかったし、わたしたちと目も合わせなかったのだ。

女嫌いの女もいる。もしそんな男がいたら追いかけ回していじめ倒すところだろうけれど、同じ女のよしみで、わたしたちは多少、皐月に気を遣っている。その割にはいまだに信用されていないらしいから、それは不当だって気がすごくする。

……警戒心も露《あら》わに入ってきた皐月は、バサリと白ランを脱ごうとして、遠巻きにしているわたしとミーコをじろっと睨《にら》んだ。

「はいはい……先に帰るわよ」

ミーコが肩をすくめて、先に理科準備室を出ようとした。皐月がチッと舌打ちして、脱いだ上着を棚に放り投げながら、

「さっさと行けよ。女ども」

「あんたも女でしょ。おんなじものついてるくせに」

「うるせーよ」

出て行きかけたミーコが、キッと眉《まゆ》をつりあげ、戻ってくる。腰に両手をやって、挑《いど》むように皐月を睨んだので、皐月は怪訝《けげん》な顔をした。

「……なんだよ？」

「あんまりいい態度取ってるとね、皐月」

「だからなんだよ。うるせー女だな。あっちいけ」

「……脱ぐわよ」

タンクトップの裾《すそ》を持ちあげて、色っぽく脱ぐような動作をする。途端に皐月は顔色を変えて、服を着たまま乱暴に窓を開け、水浸しのシャワーコーナーに逃げていった。

外から悲鳴が聞こえてきた。

「やめろよ！　そんなもの見せんな！　ヘンタイかおまえは！　しまってろ！」

「なにがよ！　自分にだってついてるでしょ！」

「そんな巨大なものはついてない！　おまえだけだ！　あっちいけ！」

「ミーコ女王様ごめんなさいって三回言ったら許してあげるわ」

「アホかー!!」

「ちょっと、まゆ。あんたも脱ぎなさい。わかった、あんたは下を脱ぎなさい。いいから早くって」

「やだーん、いったいなんでよ。せっかく着たのに」

「ギャフンと言わせるのよ。皐月のバカに。はやく脱いでよ、まゆ。あーもう、じれったいわね！」

「やめてってば。もう、ミーコォ……」

わたしが、タンクトップから片乳出したミーコにどたばた追いかけられていると……窓の外から、ハスキーな声が、聞き取れないほどのささやきで聞こえてきた。

「ミーコ女王様ごめんなさい、ミーコ女王様ごめんなさい、ミーコ女王様ごめんなさい……
……」

倒れたわたしに馬乗りになっていたミーコが、手を止めて、ニヤリと笑った。

わたしはあきれかえって、窓のほうを振り返った。……この人は、いったいなにを怯《おび》えてるんだろう。男の人がフルチンで走り回っているならともかく、ここにいるのはわたしたちなのに。だって、この世にこれほど無害な存在があるだろうか。裸の女の子以上に。

ミーコが「いこっ」とうきうきして歩きだしたので、わたしはあわてて、ミーコに半分脱がされてお尻《しり》が覗《のぞ》いている下着と七分丈のパンツを持ちあげながら、理科準備室のドアに向かった。

ドアを出るとき、小声で窓の外に声をかけた。

「皐月、ごめんね……。ほんとにもう帰るから」

「……ウー、サノバビッチ！」

かなり下品な答えが返ってきた。しかもまだまだ続きそうだったので、わたしはあわてて理科準備室を飛びだした。


小学校の正面玄関にある靴箱を開けて、ミーコはヒールが十センチはあるビニール製の黒いサンダルを、わたしは履き古したコンバースのスニーカーを履いて、外に出た。

夜空がわたしたちを包みこむ。

玄関前のロータリーに、黒いＢＭＷが駐車されていた。つけっぱなしのヘッドライトに、枯れた荒れ花壇と、古びた二宮金次郎像がぼんやり浮かびあがっている。夜風に、花壇からにょっきり生えた雑草がなびいていた。ふとさびしくなる。

バタン……！

ＢＭＷの運転席のドアが開いて、社長が顔を出した。相変わらずサングラスをかけたまだ。おかしな人。

「おーお疲れ。ミーコ女王様、まゆ十四歳」

「お疲れさまでーす」

「でーす……」

二人で頭を下げる。

ミーコが「社長、まだいたんですか？」と聞くと、社長は、

「うー。財布が消えてさ、車ん中捜してた。暗くてよく見えなくてさ。でも、あったから。……二人は電車あるの？　ほかの子はとっくに走ってったよ」

「わたしたち、家近いから。あと、皐月のバカが残ってるけど、あいつはほら」

ミーコが、同じくロータリーに駐輪しているでかいバイクを顎《あご》でしゃくってみせる。社長はうなずいて、なんだか緊張感のないゆるゆるした声で、

「じゃ、お疲れ。バハハ〜イ！」

奇妙に古くさいフレーズを残して、ＢＭＷに乗りこみ、エンジンをかけた。

黒い車体が開け放たれた正門から消えていくと、ふいに、校舎の裏のほうから一斉に、押し殺したようなため息が聞こえてきた。

ギョッとして振り返ると、地味なトーテムポールのように、校舎の陰からニュッと、いくつもの男性の顔が飛びだしてきた。

「あー、やっと帰ったよ。あの怪しい社長」

「ずっといるんだもんなー。帰れねーよ。あいつがいちゃ」

「あー。もう終電ねぇよ。ファミレスいこーぜ。タクシー乗る金ねーし」

ブツブツ言いながら、五人ほどの男たちがブラブラと通りに出てくる。

ミーコがあきれたように、

「隠れてたの？　社長がいたから？……あんたら、バカ？」

ワイシャツにネクタイをぴちっと締めた、だが妙に胸板が厚く全体的にがっちりしすぎている、二十代後半ぐらいの男性が、大きくため息をついてみせた。

「仕方なかろう。家賃……というか、体育館の使用料、払ってないんだから」

「そっか。ここって社長が買い取ったんだっけ？」

「らしいな。……あいつはほんと、何者なんだろうな」

がっちりした男性の後ろから、まだ線の細い、高校生ぐらいの男の子が顔を出した。校章の入った白いシャツにチェックのズボン。高校の制服姿だ。ほかの男性と同じように、大きなスポーツバッグを肩に背負っている。

わたしは彼に気づいて、「あれ、武史《たけし》」と声をかけた。

「武史もまだいたの？　もう午前一時近いよ」

「知ってる。時計持ってるから」

かわいげのない返事の後、自慢そうにG-SHOCKをはめた左手首をかざして見せる。

「もー。それ見せるの、何回目よ。子供なんだからー」

「十四歳に言われたくないなー」

「ほっ、ほんとは、二十一歳だもん！」

わたしの返事にはかまわず、武史は「マジでヤバイ。明日もガッコなのになー」とぼやいている。わたしは携帯電話を出して、「仕方ないなー」と文句を言いながら、メールを打ち始めた。

「中にまだ皐月がいるからさ。出てきたら、武史を送ってもらうよ。バイクで」

「マジ？　さんきゅ。あ、ねぇ……ついでに頼んで」

「なにを？」

「運転させてって」

「絶対だめ。免許取ってから」

「……ちぇっ！」

武史は不満そうに校舎の壁に横蹴《よこげ》りを入れた。ガツッと大きな音がしたけれど、誰も気にした様子はない。そのまま流れで、男性五人に、わたしとミーコを入れた七人が、六本木通りに出て東京タワーの輝く方角に少し下った辺りにある、二十四時間営業のファミリーレストランに流れていく。

ファミリーレストランの中は、さっきまでの、おかしな衣装と演出で出演していたショーが現実のこととは思えないぐらい、緊張感のない、現実的な風景だった。夜遊び前の女の子たちの集団。終電を逃したサラリーマン。けだるそうな遊び人風のカップル。そして……わたしたち。

奥のテーブル席に陣取って、七人がそれぞれ、自分勝手にオーダーしていく。男性陣はお腹を空《す》かせているようで、ステーキやハンバーグ、豆腐サラダなど、タンパク質たっぷりのメニューをオーダーする。ミーコは見た目とギャップがあるけれどじつはベジタリアンなので、フルーツの生ジュースと温野菜サラダを。わたしは食欲がないのでアイスティーを頼んだ。

こうやって見回すと、男性陣五人は、おかしな取り合わせだった。真ん中にいるのは、ネクタイを締め、分厚い胸板をはち切れんばかりにしている男性。肌が黒く、右頰に長い傷がある。たくし上げたワイシャツから、手術痕のような亀裂《きれつ》が何本も腕に走っているのが見える。目つきも鋭く、刃物のような視線を絶えずテーブルの内外に走らせている。その割には、となりに座ったミーコが「しおー」「ひー」などと言うと条件反射のように卓上塩やらマッチやらを探して渡している。妙だ。

ミーコのとなりには、武史がいる。短く刈った髪に、少しだけ日焼けした肌。中肉中背の、ごくごく普通の高校生だ。そのとなりには、五十歳近い真面目なビジネスマン風の男性。サーファーっぽい日焼けした長髪の男の子。パンチパーマに紫のシャツ、金のネックレス姿の三十がらみの男性。

どういうつきあいなのかさっぱりわからない取り合わせに、さらにわたしとミーコが交ざって、混沌《こんとん》としたテーブルになっている。料理がくるまでのあいだ、テーブルには「マーク・ハントは太り続けるのか」「ボブ・サップはじつはいい人か」「そういやムタって何人？」などと、格闘技関係の話題ばかりが飛び交っている。

料理が運ばれてくると、一同はしばらく静かになり、食事に集中した。それから、だんだんとわたしたちのショーに対する質問や意見になる。

ミーコは積極的に、今夜はどういう試合運びをしたか、今後の課題はなにか、なんて話をしている。テーブルは真面目なディスカッションの場になってしまう。こんなとき、わたしはだいたい、黙っている。大勢の中で話題に入るのはすごくむずかしいし、苦手なのだ。

武史が席を立って、わたしのとなりにきた。ぜんぜん違う方向を向きながら、

「まゆっちは、最近、どう？」

「ど、どうって……なんで？」

「センセとしては気になるじゃん」

「あ、うー………」

わたしはもともと、そんなに生命力が強いほうじゃないのだ。それにとてもこわがりだ。生きることそのものに偏差値をつけたら42ぐらいしかないんじゃないかと思う。そんなわたしが、彼らの指導で基本的な格闘術をマスターし、あの怪しげなショーに出るようにな

ったのだけれど、これがウリ、という技も、格闘スタイルも、いまのところない。

「我ながら、パッとしない」

「ダメじゃん」

「でも、なんか人気ある。今夜も指名ナンバーワン」

「すげーじゃん」

「お客さんに聞いたら、ダメなところが好きらしいの。わたしが逃げてるトコ、助けてって顔してるトコ、助けずに見てるのがグッとくるんだって」

「ヘンタイじゃん」

「あはは…………武史、ちゃんと聞いてる?」

「へ? 聞いてるよ。バッチリ」

子供に話したのが間違いだった……とわたしが反省して、ちょっと肩を落とすと、それに気づいたように武史が顔を上げた。

なにか言いかけるように口を開いたとき、後ろから大きな影が被《かぶ》さるようにして、武史の背後に立ち、手を伸ばしてきた。

皐月だ。アッシュ・ブロンドの髪から、シャワーの滴《しずく》がぽたぽた垂れている。ユーズドのジーンズを腰ではいて、黒いごついブーツを履いている。武史がソファに頭を預けるように、のけぞって眩《まぶ》しそうに皐月を見上げると、皐月は武史の首もとにスッと右手の親指を当てて、

「行くよ。クソガキ」

「んっ？……………………………………ゲホッ！」

武史があわててじたばたしながら、

「さっ、皐月さんっ！　頸動脈《けいどうみゃく》をピュッと押すなよ。いま、さりげなく殺そうとしただろ！」

「こないだみたいに、腰に手を回すふりして胸触ったら、マジで殺す」

フルーツジュースを飲んでいたミーコがゴフッとむせた。ちらちら武史を見ながら、

「あんた、チャレンジャーね。わたしでもしないわよ。命が惜しいもの」とつぶやく。

言われた武史は、首まで真っ赤になっておたおたしていた。そのまま口もきかずに、スポーツバッグを両手で抱え、立ち上がる。

こちらにヒラヒラッと手を振って、大股《おおまた》で歩きだした皐月の後を、武史が体を縮こめ、ちょこちょこと追いかけていく。

ミーコがこちらに顔を近づけてくる。

「まゆ」

「ん？」

「武史って、触る？」

「たまに。技かけてるとき。スッと」

「………わたしには触んないわよ」

「迫力がありすぎるんだよ。ささやかなほうが、ささやかに触れるんじゃない？」

「あーん……なるほど……？」

ミーコは納得しかねるような顔のまま、離れていく。男性陣は気まずそうに黙って、食事の残りをもそもそと食べ続けている。

ミーコとわたしが黙っていると、沈黙に耐えかねたように、サーファー風の兄ちゃんがボソッと言った。

「見ちゃうのはミーコ。触りやすいのはまゆっち」

「やっぱり⁉　あれって、触ってたのね⁉　この手も、この手も‼」

わたしが叫ぶと、ミーコと、となりのネクタイを締めたごつい男性が、耐えかねたようにブッと吹きだし、笑いだした。

☆

食事を終え、始発までの時間をファミレスで潰《つぶ》し続ける男たちをおいて、わたしとミーコは店を出た。さっきよりも疲れた、重い足取りで階段を下り、通りをタラタラと歩いていく。

時折、赤い空車ランプの灯《とも》るタクシーが誘うようにスピードを落として併走してくるけれど、わたしたちはそれを無視してゆっくり歩き続ける。

曲がり角に着くと、どちらからともなく手を振った。ミーコは左。わたしは横断歩道を渡って、右。歩行者用信号が青になったので、わたしはふらふらと渡りだした。ミーコはもうとっくに角を曲がり、姿を消している。

歩行者用信号はあっという間に点滅を始めてしまう。この信号はいつもそうだ。やっと青になったと思ったら、もう時間切れ。わたしは早足になる。暗く沈む街の風景にいるのに、この横断歩道だけは眩しいほどライトに照らされて、まるで華やかな舞台みたいだ。そこを早足に通り過ぎて、もとの暗闇に戻っていく。

まるで女の子の人生みたい。華やかな、かわいい女の子でいられる時期は一瞬。過ぎ去っていく季節だってわかっているのに、無駄に使ってしまっている。夜をおかしなことに切り売りして生きている。それで息も絶え絶えになって。

薄暗い横道を、何度か角を曲がって歩いていき、ようやくわたしの借りているアパートに着いた。かわいらしい外観の『コーポなんとか』と名付けられた建物。二階に続く外階段をそうっと上がる。夜中に帰ってくる住人なんて迷惑だろうから、わたしはかなり気を遣ってる。

そうっと鍵《かぎ》を開け、ワンルームの部屋に滑りこむ。ライトをつけると、ピンクや水色で統一された女の子らしい色遣いの、でもガランとした部屋が現れる。

水玉模様のカーテン。木目調の棚と、部屋の隅にたたまれた、かわいらしいカバーのかけられたお布団。部屋にあるのはそれだけで、あとはフローリングの床がむきだしに輝いている。壁は白。ものが少ないせいか、六畳の部屋だけれど、ガランとしてとても広く見える。

わたしは鞄《かばん》をいつもの位置に置いて、フローリングの床にぺたんと座りこんだ。部屋に備え付けの小型冷蔵庫から缶チューハイを出し、つまみもなしにゴクゴク飲む。わたしは酒飲みじゃないから、甘ったるい苺味《いちごあじ》やメロン味の缶チューハイが好きなのだ。飲んでいるうちに意識が酩酊《めいてい》してきて、体から力が抜けてくる。

電話機が点滅しているのに気づいて、立ちあがるのが面倒なので床を這《は》って近づいていき、留守番機能のボタンを押す。

キュルルル……と巻き戻し音の後、聞き慣れた、でもそういえば久しぶりかもしれない声が聞こえてきた。

『おう。真由《まゆ》、元気か？　たまには電話しなさい。とくに用はない。母さんは元気だ。うーん…………じゃあ』

ブツッ。

わたしはしばらく電話機をみつめていた。それからゆっくりと「まいったなぁ……」とつぶやいた。

いまのは父だ。地方都市にあるわたしの実家で、母と弟と暮らしている。わたしはあまり帰省しないのだけれど、たまにこうやって電話をくれる。

家族はわたしのことをOLだと思っている。地元の高校を卒業してから、東京の短大に通い、卒業してOLになった……ところまでは本当だけれど、会社を即やめて、ひきこもって、急に〝まゆ十四歳〟になったことはぜんぜん話していない。……話したら一同ズッコケるだろう。うまく説明する自信もない。

自分の限られた生命力のボルテージが、音を立てて下がっていくのを感じた。わたしはフラフラとした足取りでベランダのガラス戸を開けた。ベランダ用においてあるサンダルをあえて履かずに、裸足《はだし》のままで外に出る。

少しだけ星が見える。どうやら夜空は晴れているらしい。

息が苦しくなってくる。

こうやってボルテージが下がったとき、わたしはふと、なんかわたし、うっかりこのまま死んじゃいそうだって気づくことがある。その気持ちには、死にたい、さぁ死ぬぞ、っていうほどの積極性はなくて、ただ、ついうっかりこの世からいなくなってしまいそうな弱さだ。薄さ、とでもいえるかもしれない。

ベランダで片肘《かたひじ》ついてぼうっとしていると、ふいに室内から電子音のメロディが流れてきた。流行っているアイドル歌手の新曲だ。わたしはあわてて、黒く汚れてしまった足の裏で床を汚さないように、匍匐《ほふく》前進で部屋に戻り、鞄から携帯電話を取りだした。市外局番から始まる、見覚えのない番号が液晶画面に現れていた。わたしはためらいながら着信ボタンを押した。

「……もしもし？」

電話の向こうから、沈黙が返ってきた。気持ち悪いな……と、切ろうとしたとき、『ゴホ、ゴホ……』と咳《せき》が聞こえてきた。

「もしもし？」

『ゴホ……あー。………………まゆっち？』

わたしは一瞬、キョトンとした。聞き覚えのある、というか、さっきまでいっしょにいた人の声だ。

「なによ。武史？」

『お、おう』

「なに、この番号？　どこにいるのよ」

『俺んち。死にかけたけど、無事着いてさ。あっ、そっか。この番号、俺の自宅。ビックリした？』

「うん。……なんで死にかけたの？　皐月のどこ触ったのよ」

『触ってねーよーっ！』

武史はうなるように叫び、抗議した。わたしは思わず吹きだした。

『皐月さん、タクシーの運ちゃんに煽《あお》られてキレてさ。すげースピード出すの。なんかこう、蛇行《だこう》運転みたいなの？　よくわかんねーけど。振り落とされそうだし、酔うしさ』

「皐月、走り屋だから」

『そういう問題？』

「走り屋とタクシーは、野良猫と家猫みたいに、互いに相容《あいい》れない存在なんだって」

『あー？　わかんね。にしても、なにげに今日荒れてたぜ。皐月さん』

「そういや、帰る前、ミーコに遊ばれてたから。それでかも」

『へー……』

電話の向こうで、武史が沈黙した。

なんだろう、と思っていると、武史は戸惑うようにつっかえながら『さっきの話の、続き。あのさ思ったんだけど、俺』と言い始めた。

「なんだっけ？」

『忘れんなよー。まゆっちがパッとしないって話』

「……あー」

『なんだよテンション低《ひく》ー。ま、なにげにさ、俺も考えてるわけ。道場の家賃分はさ、お役に立たないとマズイっしょ』

「武史が悩まなくてもー。そういうことは大人が悩めばいいんだってー」

『とにかく、俺のアドバイス。寝たら忘れっから。ガッコ行ったりしても、すぐ忘れっから。思いついたこと』

「頭わる」

『あのなー。ま、いいよ。まゆっちはさ、フットワーク。ほら、牛若丸《うしわかまる》がさ、どっかの橋で刀狩りしてたヘンタイの弁慶《べんけい》に捕まったとき、ヒラヒラッと橋の欄干《らんかん》に飛び乗ったりさ、身軽に動いて、あれだろ、なんかー弁慶に勝っただろ』

「直接は見てないけど、噂によるとそうらしいね」

『口のへらんねーちゃんだな。聞けよー。やっぱ小さくてさ、弱っちいのが、ヒラヒラッと動いてでかいの翻弄《ほんろう》したら、楽しいべ。ヒーローだべ。……みたいなことをさ、思いついたわけ。ほら、皐月さんのバイクがタクシーの前で蛇行運転みたいなのしてるとき』

「あっ……」

わたしはクスリと微笑した。

匍匐前進ポーズのままでゴロッと仰向《あおむ》けになり、天井を見上げる。

武史の真剣な声がうれしくて、クスクスと笑いだしてしまう。

『………まゆっち？』

不安そうな声が聞こえてきた。

『それ、笑ってんの？……泣いてんの？』

「……教えないー」

『ちえっ』

武史は眠そうに『ふわぁ～』とアクビして、そのまましばらく黙っていた。

『ほんじゃま、そーいうことで。あ、俺、言ってみただけで、フットワークってできねーから、明日、道場でできそーなやつに聞いて』

「うーん、わかった」

『眠《ねむ》。寝るわ。ほんじゃ、おやすミルコ』

「はーい、またあしタムラ」

『うわマニアック。赤いパンツの頑固者かよ。……じゃな!』

プツッ。

……電話が切れた。

わたしは携帯電話を床に放りだし、小さな体を大の字にしてしばらくじーっとしていた。なんでなのか自分でも説明できないけれど、下がっていたボルテージが上がって、また立ち上がって、ごはんたべて、お風呂《ふろ》入ってお肌の手入れもして、ちゃんと寝て、明日の朝も起きてまた生きていけるらしき力が湧いてきた。

なんだか、そう、シャブを打つように、哀しみに、死の匂いに、愛のなさに……格闘技っていうものが染みわたるように見事に効くのだ。だけどわたしの中に満ちてくる哀しみやらなにやかやも、加速するように比重を増していて、わたしを助けるためには、生きさせるためには、もっと強い刺激が、もっと強い満足がないと癒《いや》せなくなってきてしまう。そのへんもまるでシャブみたいだ。どっかで効きすぎて死んじゃうかもしれないけど、こうしてないと生きていけないのだ。

わたしは鞄《かばん》の中から、A5サイズの水色のノートを取りだした。人からのアドバイスとか感想とかを、忘れないように書いておくノートだ。わたしも武史のことを笑えない。書いておかないとすぐ忘れてしまうから、生きていくと忘れてしまうから、こうやって……。

〝牛若丸みたいにフットワークを使うこと〟

〝小さいのが翻弄すると、見ててワクワクする〟

〝……と、武史が言った〟

こんなふうに走り書きを残しておく。

これは、自分のためでもあるし、そうやってわたしに提案してくれた友達の愛を覚えておくためでもある。

書き終わると、わたしはノートを放りだし、匍匐前進のままでズリズリとユニットバスに向かった。湯船に入ってから、着ていた服を全部脱いで、部屋のほうに放り投げる。Tシャツとパンツと、淡いピンクの下着が、微妙な時間差でふわり、ふわり、と床に着地する。

シャワーノズルを持ちあげて、ぬるま湯を出し、頭からかぶる。小学校では泥と汗を簡単に流しただけなので、改めて髪を洗い、丁寧にトリートメントを塗りこみ、体も泡を立てて隅々《すみずみ》まで磨いた。顔も、最近こっている小袋に詰められた米ぬかでつるつるになるまで磨いた。

額や頬の肌が、キュッキュッと音が出るほどツルツルになる。全身から泡や米ぬかを洗い流して、バスタオルにくるまる。

体を拭《ふ》きながら、ユニットバスを出る。拭き終わったバスタオルと、床に散乱した洋服、下着をまとめて洗濯機に放りこんだ。

眠くてもう立っていられなかった。わたしは冷蔵庫から取りだした栄養ゼリーを口にくわえたまま、ベッドに転がりこんで……知らない間に眠ってしまった。

☆

翌日。

天気は晴れ。

夏の始まりにふさわしい、雲一つない青空の日だった。

いつも通り、午前九時に起きて、シャワーを浴びて、昨夜乾かさずに眠ったせいでスーパーサイヤ人になっていた髪をなんとか整えた。飲み損なった栄養ゼリーをちゅーちゅー飲んで、部屋を出た。

あの小学校にも近い、近所のコンビニエンスストア。ここでわたしは、午前十時から夕方までアルバイトしている。どちらかというととろいほうなので、レジにはあまり立たない。商品の売れ筋を見て、つぎの商品を発注したりする仕事はわりと好きだ。でもたまに、ぜんぜん売れないものをたくさん発注してしまって怒られたりする。向いているとは言えないかもしれない。

夕方になるとエプロンを外して「お疲れさまでしたー……」とコンビニを出る。そのまままっすぐ『ガールズブラッド』のために、廃墟《はいきょ》になった小学校に向かった。

ショーは午後七時からで、女の子の出勤時間はそれより三十分前の六時三十分。いまは五時だから、まだまだ時間はある。わたしが向かうのは、昨夜、男たちが隠れていた校舎の裏にある体育館だ。

体育館の前に、雨風が染み込んだような木の看板が立てかけられている。

『鮫島道場《さめじまどうじょう》』

とくに緊張感もなく、ドアを開けて「おはよーです……」と入っていく。

中は広々とした空間で、二十畳分だけ、柔術用の白い畳敷きにされている。深海のような深い青色をした柔術着を身につけた体格のいい男たちが、あちこちで二人組になり、組み合ったり、ダンスを踊るように向かい合ってうごめいていたりする。

半年前。「ここでもろもろ、教えてくれるから」と社長に連れてこられたとき、わたしはすっかり、同性愛者の人たちの集まりだと思ってしまった。じつはちがうらしい、とだいぶ経ってから気づいたけれど。

彼らはもともと道場のあった場所を金銭問題で出るはめになって、一時的にここに間借りしているらしい。ある日、道場の木看板一枚抱えてぞろぞろとやってきたのだ、と以前誰かから聞いた覚えがある。

部屋の隅に、腕組みして立っていた体格のいい男性が「……ん？」と気づいて、こちらに近づいてきた。昨夜もいた、ネクタイを締めた二十代後半の男性だ。わたしは頭を下げた。

「どーも、師範代《しはんだい》」

「おう、おつかれ。なんかやっていくか？」

「とりあえず、着替えてストレッチします。あ、あと……」

わたしが、昨夜武史からかかってきた電話のことを話すと、師範代は「なるほどな……」とうなずいた。

動くたびに、腕に走る亀裂《きれつ》のような古傷がうごめき、気になって仕方ない。顔に走る傷跡といい、この人はまるで劇画から抜けだしてきたようなタイプなのだ。道場経営者から実質的に運営を任されているこの若い師範代のことが、じつはわたしは、ちょっと苦手だったりする。

なんとなく、怖いのだ。あまりにも隙がなさすぎて。

その師範代は「武史がね……」と低い声で呟《つぶや》いている。

「あいつは責任を感じているからな」

「はぁ……？」

「ほら、まゆちゃんが最初に入ってきたとき、みんな手が離せなくて、高校生の武史に基本の指導を任せただろう。あいつ、人に教えるのは初めてだったから、緊張したらしくてな。まゆちゃんがその後、どうなったか、気になっているらしい」

「あー、そうなんですか……」

「立ち技のフットワークなら、〝鳥人〟の異名を取るオーストラリアの極真《きょくしん》空手家、ギャリー・オニール辺りをまず研究するといいだろう。ビデオがある。彼の全盛期、九〇年代後半の試合が参考になる」

「あ、ありがとうございます…………」

わたしは頭を下げて、そろそろっと後ずさるように師範代から離れた。

道場の隅でストレッチをしていると、バタンとドアが開いてミーコが入ってきた。昼のアルバイトから直接きたらしく、ばっちりアイラインに、黒ずんだ禍々《まがまが》しい口紅の女王様メイクのままだ。両肩を出した金色のビスチェに、革のホットパンツ。

「……わーお」

思わずつぶやくと、そのクレオパトラみたいに黒く縁取られた猫目で、ギロッとこちらを見る。

「きれい？」

「……よくわかんない」

ミーコはふんっと鼻を鳴らした。どうやらあまりご機嫌が麗しくないらしい。わたしが開脚して、自分の前足に上体をぺったりくっつけるようにかがんでいると、ミーコがあきれたように低い声を出した。

「ほんとあんたって、体、柔らかいわね」

「生まれつきだよー」

「どーしてハイキックが当たらないのかしらね？」

「ミーコが軸足カッターだからじゃない」

ハイキックはとてもリスキーな技だ。確かに見た目は派手だし、足技には手技の三倍の威力があると言われているから、当たれば一発で形勢逆転できる。だけど、片足を高く上げ、残りの片足だけで立った不安定なポーズは、見切られてしまえば相手に恰好《かっこう》の隙を与えることになる。

ミーコはその、軸足と呼ばれる命綱の足をズガンッと刈り取り、わたしをフェンスまで派手に吹っ飛ばすのが得意なのだ。もちろん、ミーコが勝つためにやっているのではなくて、そのほうがお客さんが盛りあがるから、なんだけど。

ミーコはツンツンした態度で、更衣室に使われているもともとは用具入れだった部屋に入り、Tシャツと短パンに着替えて出てきた。ちらちらとわたしのほうを見ているので「なーに？」と聞く。

「ううん。あんた、気分屋だから。いまは元気みたいね」

「あ、うん……」

「昨夜はちょっと、暗かったじゃない。帰り」

「うん……」

わたしは肩をすくめる。

「なんか、家帰ったら、一回ひどくなってから、治った」

「へーえ。よくわかんないけど。躁鬱《そううつ》激しいコってたいへんね」

そういうミーコも、今日は妙に機嫌が悪い気がするけれど、気のせいだろうか。師範代が近づいてきて、ミーコに、わたしと一緒にビデオを見るように指示している。ミーコはなぜか返事もせず、ツンとしている。わたしは不思議に思ったけれど、深くは聞かなかった。

　二人で手を引っ張り合ってストレッチしたり、化粧品の話なんてしながら、道場の隅にある古いテレビデオから流れてくる鳥人の映像をみつめた。ギャリーっていう人は、小柄で、けっこうかっこよかった。白い空手着がはだけると、胸に彫られた日本語のタトゥが見えて、少しドキッとした。

「……………なんですか、これ？　柔道？」

　急に後ろから声がした。低い男性の声だ。わたしとミーコは驚いて振り返った。

　若い男が立っていた。身長は百八十センチ近くあるけれど、とても痩《や》せている。年齢はわたしと同じぐらい。銀縁の眼鏡をかけた、真面目そうな……とても記憶に残りにくいタイプの顔をしていた。

　ミーコがポカンとしているので、わたしが代わりに答えた。

「なんでこれが柔道なのよ。どう見ても空手でしょ？」

「あ、いや。そういう服、着てるから……。これってなんですか、オリンピック？」

「空手はオリンピック競技に入ってませんって」

「あれ、でもなんか見たけど。こう、ほら、お腹につけて……」

「それはテコンドー。韓国の伝統的立ち技格闘技です」

「あー、わかった。香港映画でよくやるやつですね」

「それはカンフー！」

　わたしが両手を振り回して抗議すると、男は困ったように大きな体を縮こまらせた。

「す、すいません……。そんなに怒らなくても。ぼく、ぜんぜんわかんないんで。スポーツは野球しか」

その困った様子がおかしくて、わたしは微笑した。

「いえ。わたしも野球はぜんぜんわからないから、おあいこです」

「いや、そう言っていただけると……」

男はうれしそうに何度もうなずいた。

それから、急にまじめな顔になった。銀縁の眼鏡の奥で、意外に若く見える少年のような瞳《ひとみ》が、キラッと光った。

「あの、お名前は」

「え？　名前？　まゆですけど……」

「まゆさん、ぼくとケッコンしてください」

わたしは硬直した。

男はあくまで真剣な顔で立っている。

わたしは右を見て、左を見て、それから後ろを見た。ミーコの姿はなかった。とっくに体育館の反対側の壁際まで避難していた。そっちから、わたしに、なにやら顔の筋肉を動かしてメッセージを伝えようとしている。

鼻の上にものすごくしわが寄って、瞳が見開かれて、つぎに唇が真横にびーんとのびた。

たぶん、その男ヤバイよ、逃げなって、と言っているんだろう。……手遅れだけど。

ミーコは職業柄なのか、ヤバイ人に対しての嗅覚《きゅうかく》が鋭い。あんなに目立つ容姿をしているのに、おかしなトラブルに巻きこまれないのはそのせいだ。逃げ足が速い。そこも含めて、都会の野生動物みたいだとわたしは思う。

わたしが硬直していると、男の後ろからスタスタと、高校の制服を着た少年が近づいてきた。武史だ。

武史は背伸びすると、男の首に後ろから腕を回し、反対側の手で自分の肘《ひじ》をおさえ、締めつけた。男は頸動脈《けいどうみゃく》を圧迫されてじたばた、じたばたした。

男の向こうから、武史が顔を出した。

「ごめん、まゆっち。これ、俺の知り合い。ケッコンマニア」

「なーに、それ……？」

「ケッコンしたいらしくて、あちこちでプロポーズするの。なにげにもー百回超えてねー？」

言いながらズルズル引っ張って離れていく。男は〝タップする〟という概念を知らないらしく、じたばたしながら、目で必死になにか訴えている。

遠ざかっていった武史と男が、話しているのが聞こえてきた。

「それ、よくねーって。もー社会人なんだし。一日一プロポーズ。シャレになんないよ。学生時代ならともかく」

「そうだった。スマン、ついうっかり……」

「見学したいっていうから連れてきたけど、出入り禁止になるぞ。しかも、美人系いっぱいいるのに、なんでまゆっちなんだよ」

武史……余計なお世話だよ…………とムッとしていると、男がボソボソと答える声が聞こえてきた。

「いや、なんか、かわいくて」

「えっ、どこが？」

重ね重ね、武史のやつっ……。

「それに、なんか、目を覗《のぞ》きこんだら……やけに不安定な感じがしてさ」

「ああ、まゆっちは、気をつけないといけないんだよ。気ぃ遣ってるよ、みんな」

「ほっとけないと思って」

わたしがその場にぼーっと立っていると、避難していたミーコがまた近くに戻ってきた。

わたしをつついて、小声で聞く。

「なんだって？　あのへんな男」

「ケッコンマニアなんだって。プロポーズされた」

「へー」

ミーコは心底びっくりしたような顔で、武史とごにょごにょ話しているその男のほうを見た。

「二十年近く生きてると、いろんな人に会うわねぇ」

「ミーコ、それ、なんかおばあさんみたいだよ……」

わたしがつぶやくと、ミーコはすねたようにフンッと鼻を鳴らした。

☆

夕方六時三十分。体育館からぞろぞろと出てきた女の子たちが、正面玄関から校舎に入り、薄暗い廊下を歩いて、控え室に使われている教室に入っていく。

「おはよーございまーす！」

「まーす……」

「まーす……」

各自、なんとなく自分の持ち場所に決めている小さな机に腰を下ろす。こうして見ると、昼間の身分は学生から、OLから、フリーターから、風俗嬢から、バラバラな人種が集まって勢いでもってこのおかしなショーを作っているわけで、外見も雰囲気もバラバラな不協和音の鳴り響く光景だ。

女子大生とOLは、コンパクトを取りだしてやたらと前髪や睫毛《まつげ》のカールを点検しているし、フリーターはだらだらと半分寝ているし、風俗嬢は……ミーコは机の上で丸くなって、なんと眠っている。服装も、白いシャツにタイトスカート、ブランド物のハンドバッグといったコンサバ系から、わたしみたいにTシャツにスニーカーといったラフな恰好《かっこう》から、ミーコみたいなバンド少女風まで、さまざまだ。

社長が入ってきて、ざっと女の子たちを見回した。今夜のショーについて、第一試合から、最終の第五試合までの組み合わせを発表する。といっても、わざわざ発表されなくても、だいたい予測はつくんだけど。女の子たちには相性があって、たとえばＯＬ風コンサバちゃんには、同じタイプを合わせて、「女の子どうしがキーキー爪を立て合ってる」様を楽しんでもらう。気合いの入った茶髪ヤンキー系には、正反対の短髪体育会系を組み合わせて、大声で相手をののしるヤンキーと、冷静沈着に試合を運ぶ体育会系の不協和音を楽しんでもらう。女の子の数にも、キャラクターにも、限りがあるから、いきおい組み合わせには一定のパターンができてしまう。お客さんからのリクエストで、たまにめずらしい組み合わせが入ることもあって、そのときはお互いに緊張する。試合が終わるまで口もきかなかったりする。

わたしの場合は、圧倒的に強くて大きな女にもてあそばれるっていうのがウケるので、相手はだいたい、ミーコか皐月だ。昨夜は月に一度の泥レスナイトでミーコと対戦したから、今夜は皐月だろう。聞かなくてもわかる。

……と思っていたら、対戦カードを読みあげる社長が、

「第二試合。まゆ十四歳、と…………皐月、って書いてたんだがなー」

ぼやいた。

「へ？」

わたしは気づいて、教室の中をキョロキョロした。

いつもの皐月の指定席、いちばん隅のボロボロの机には、誰も座っていなかった。教室中を見回したけれど、皐月の姿はない。

そういえば体育館にもいなかったな、と思いだす。皐月、どうしたんだろ？

社長が間延びした声で言った。

「あのなー、皐月、怪我《けが》した。今日はこないって。さっき電話あってなー」

「怪我？」

訊《き》き返したのはミーコだ。怪訝《けげん》な顔で社長を見上げている。社長は困ったように頭をかいて、

「バイクで事故ったって。くる途中」

「やだ、あのコ。大怪我なの？」

「たいしたことないだろ。なんかなー、タクシーの運ちゃんと険悪になってなー。走りながら、併走してるタクシーのドア、ブーツで蹴飛《けと》ばしたんだって」

「…………」

「スピード出てるから、んなことしたらバイクのほうがはじきとばされっだろ。んで路肩《ろかた》に飛んで、肩胛骨《けんこうこつ》を強打。バイクは無事。えー、以上」

社長は早口で言うと、知らんぷりした。ミーコがあきれたようにフンッと鼻を鳴らした。

「信じらんない。皐月、あいついまに死ぬんじゃないの？〝バカ〟が死因で」

「……言えてる」

わたしもうなずく。わたしとは逆の意味で、皐月って危ない。死ぬ気はぜんぜんないのに、わたしより先にポックリ死んでしまいそうだ。ダンプに轢《ひ》かれるか、崖《がけ》から落ちるか、炎上するかして。そしたら、バイクと心中した女、皐月、というタイトルでわたしたちの心に永遠に刻まれるだろう。……バカだなぁ、ほんと。

「というわけで、第二試合は〝まゆ十四歳〟と〝ミーコ女王様〟で」

社長が笑顔で発表を続けた。ミーコが「でも……」と口をはさむ。

「わたしたち、昨夜もやりましたけど?」

「いやー、すーごくよかったよー。また見たいなー。なんで、頼むな、二人とも。んで第三試合はと……」

社長はのんきな声で続けた。わたしとミーコは顔を見合わせ、同時に肩をすくめた。

今夜もまた、ショーが始まる。

わたしたち女の子の日常を切り裂く、フィクションの時間が始まろうとしてる。

おかしな衣装を身につけ、つぎつぎに廊下に走りでる女の子たち。誰もいないはずの廃校の真っ暗な廊下を、さまざまなコスプレをこらした女の子たちが走り抜けていく。タイルを蹴る軽い足音が響く。

中庭に飛びだす。そこには松明《たいまつ》が何本も立てられ、夜空にパチパチと火柱を上げている。

いくつもの金属製のベンチが黒く、濡《ぬ》れたように輝いている。暗闇にのっそりと八角形の檻《おり》が浮かび上がる。わたしたちはネオナチをイメージした制服に身を包んだウェイターたちに、手錠をかけられ、つぎつぎ檻の中に放りこまれていく。

大音響のレニー・クラヴィッツが耳をつんざく。

檻に入ると、わたしたちはそれぞれのポーズを取り、叫び始める。お客さんたちがぞろぞろと中庭に入ってくる。白いライトがつき、わたしたちの姿が闇に浮かびあがる。

花火が上がる。わたしたちは叫び、うごめく。

このときはもう、わたしたちはべつのものになってるんだ。べつの生き物になってるんだ……。

狂ったようなオープニングパフォーマンス。

毎晩続くこの儀式……。

わたしは目をつぶった。やわな心が、音と光とざわめきに、無気力に漂い始めた。


「ねぇ、まゆちゃん。まゆちゃんってさ、どうしてこんなことやってるの?」

……第一試合が終わり、つぎの試合までの時間。

わたしは、指名料を払ってくれたお客さんのとなりに座って、ボーッとしていた。ピンクのウェイトレス風衣装に、気弱そうな顔。片手に、試合で使う赤いグローブを持っている。女の子はたいがいそうだけれど、手が小さいので、グローブは子供用を使う。大人の男性の手は絶対入らない、小さなグローブだ。

となりのお客さんは、興味津々《しんしん》な顔をしてこちらを覗《のぞ》きこんでいる。二十代半ばぐらいの男の人。よくきてくれるお客さんだ。

「え、あの、ええと……」

わたしが言いよどんで困っていると、ヘルプで同じベンチに繋《つな》がれていた女子大生が、助け船を出してくれた。

「やだー、そういうこと聞く人。ほら、まゆちゃん困ってる」

「いやでもさー」

「あなた、風俗行っても、やることやってから『なんでこんな仕事してるの』とか聞くタイプでしょ。嫌われるよ」

「…………」

お客さんは機嫌を損ねたらしく、黙ってしまった。

わたしは困って、もじもじしながらうつむいてしまった。

……ここは居心地悪い。

ううん、このお客さんがどう、っていうのじゃなくて、ここが……この檻が、廃校が、この場所が、居心地悪い。

最初に、この廃校におそるおそる一歩踏み入れた面接の夜から、そう思っていた。居心地が悪い。

だけど、同時にこうも思った。ここだ、って。

ここじゃないと生きていけない。呼吸できない、って。

苦しいけど、なんとか生きていける、ここなら、って。

ここにいる人たちは、優しい。

みんな、格闘技に魅《み》せられて、逃れられなくなった特殊な人間だってことをここではカミングアウトしてる。そういう弱さをさらけだしている。

わたしだけ弱いんじゃない。

わたしは……。

わたしは、愛されたい。誰かを愛したい。だけど、苦しい。

こんなに寂しくて、悲しくて、愛されたいのに、そのための入り口はなぜか、わたしの体の〝格闘〟っていう部分にしか開かれていない。これってすごくむずかしい。だって、たとえば「格闘技に詳しい彼氏がほしい」とか、そういう簡単なこととはちがうから。

昨夜の武史の電話はうれしかった。愛だなって思った。

ここにいて同じようにもがいてる女の子たちと、仲がいい。ここが居場所だと思う。

でも、この居心地の悪さは変わらない。ずっと続く。

わたしは、黙ってしまったお客さんから目を離して、第一試合が終わりライトの落とされた八角形《オクタゴン》に目を凝らした。

巨大な檻はいま、暗闇に沈んでいる。中庭はしんと静まり返り、ただ松明の炎だけがゆらめいている。暗がりに不気味に浮かぶ黒い金属の檻。重く、痛いこの檻。

わたしはここが怖い。

中に入るのはすごく怖い。

これは誰にも……一部でレズ疑惑まで出るほど仲がいいミーコにさえ言っていないことだけれど、わたしはじつは、ずっと、檻の中にいた。

物心ついたときから。

そのことは異常すぎて、誰にも話したことがない。

口に出したら、その猛毒がこちらに戻ってきて、たいへんなことになってしまう気がしている。

朝起きて、テレビをつけて、最新のニュースを聞いていると、ときどきおかしな事件を報道していたりする。お腹を痛めて産んだ子供を、殺してしまったり、虐待して怪我《けが》をさせてしまったりした母親の話。

キャスターは心底驚いた顔で「信じられませんね」などとコメントする。

だけどわたしはべつにビックリしない。そういう人を一人、知っているから。

わたしは、物心ついてからも、ずいぶん長い間、赤ちゃん用の木のフェンスみたいなの、あれに入れられていた。よくわからないけれど、一種の虐待だと思う。幼稚園に行くようになっても、小学校に上がっても、ずっと、家に帰った途端、それに放りこまれた。体は大きくなってくるから、それはとても狭くて、怖かった。

知恵もつくし、力もつくから、自分で出ようと思えば出られたはずだと思う。だけど、わたしは出られなかった。その中にいると、手にも足にも力が入らなくて、ただぼんやりとうずくまっていた。

中学校に入学する頃、弟が生まれた。その途端に、そのよくわからない虐待は終わった。フェンスはかわいらしい弟のために正しい使用目的で使われるようになり、二度とわたしを閉じこめはしなかった。

わたしは家事を手伝い、学校に行き、普通に暮らした。だけど、短大に通い始め、実家を出て、会社に就職して……そのあいだずっと、わたしは心の中にその檻を持っていた。

ある日とつぜん、会社を辞めた。そこには檻がなかったから。そうむずかしくない仕事と、楽しい飲み会と、おもしろい同期の男の子と、やけに親切なおじさん上司がいた。誰も檻なんて持っていなかった。それはどこにもなかった。

会社を辞めて、アパートに引きこもった。

ここに面接にきたとき、薄暗い廃校の中庭に、悪夢のようにうっすらと浮かびあがるこの檻をみつけた。

ここにあったのかぁ、と思った。不思議な懐かしさと、喜びと、絶望が、津波のようにどこからか押し寄せてきた。わたしは言われるままにこのおかしな衣装をつけて、檻に入った。

安堵感《あんどかん》と、ずっと近くなった死の気配。

ここにいたら、しばらくは生きられるだろう。

ここにいたら、そう遠くなく、死ぬしかなくなるだろう。

それでもいいや。わたしなんてどうなってもいい。そう思ってすべてをゆだねたら、檻は優しく、その黒い金属の触手で、わたしをがんじがらめに包み込んだ……。

白いライトがつく。檻が浮かびあがる。

中にぽつんとわたしが座りこんでいる。

アナウンスでわたしの名前が発表される。暗い中庭に「おおぉぉぉ〜!!」とお客さんのどよめきが響く。

さっきむくれていたお客さんも、こっちに向かって拳《こぶし》を振りあげ「まーゆ! まーゆ! まーゆ……!」と叫んでいる。最近のわたしの人気は、ちょっと異常だと思う。これだけ弱いのに、なぜこう名前を呼ばれるのだろう。みんなわたしになにを投影しているのだろう。男の人の生きる道には、わたしにはわからない、暗くて大きな一種の檻があるのかもしれない。わたしは彼らの身代わりになってそれと戦う、世界一無力な戦士なのか……。

続いてミーコの名前がアナウンスされ、手錠を引きずられるようにして、彼女も檻《おり》に放りこまれる。

わたしたちは戸惑い、やがて、相手をみつけて警戒するように同時に後ずさる。わたしは怯《おび》え、ミーコは舌なめずりする。

ミーコは今日も、露出の高いラバーの衣装に、編み上げブーツを履いている。適度に肉づきのいい腿《もも》が、肉感的に輝いている。胸元から瓜《うり》のような胸の谷間が覗いて、動くたびにゆさゆさと揺れる。猫のようなその瞳《ひとみ》が、獲物をみつけたかのように爛々《らんらん》と光り始める。

八角形は白いライトに照らされる。眩《まぶ》しくて、自分の立っている位置と、ミーコの姿しかわからなくなる。ミーコが舌なめずりして、ボクシングスタイルの構えでこちらを見据える。わたしもグローブを顔面ガードに掲げて、右回りに何歩か歩く。

立ち位置が変わると、ライトの位置がずれて、時折、お客さんの顔が見えるようになる。暗がりの中、無数の男たちがこちらを見上げている。檻にくっついて子供のように瞳を輝かせてみつめている人。離れたベンチで、お酒を飲みながら、奇妙に静かな顔で凝視している人。どの顔もなにかを期待している。わたしにはうかがい知ることのできないなにかを。

ミーコが動いた。

奥足を大きく振りあげてカカト落とし。黒いブーツが唸《うな》って頭上に落ちてくる。わたしは両手を掲げて、十字受けでそれを受ける。このとき忘れずに「あっ……！」と軽く悲鳴を上げる。そのまま後ずさり、構え直す。ミーコが今度は横殴りにするように、中段回し蹴《げ》りを放ってくる。わたしは肘《ひじ》でブロックするけれど、このときも忘れずに小さく声をもらす。

最初の三十秒ほどの流れだけ、わたしとミーコはリハーサルして、何パターンか決めている。お客さんの期待が高まるような、キャラが際だつようなシナリオを。ミーコのブーツは、じつは柔らかな牛革でできたサポーターのようなもので、ふわんとクッションがあるから痛くないのだが、見た目は人間凶器だ。それで何度も大技を出し、わたしは受けながら小さく悲鳴を上げる。ここまでは決まっている。あとはアドリブ。ミーコが秘めたるサディズムを爆発させ、わたしはドッジボールで一人生き残ってしまったときみたいに、死にもの狂いで逃げ回る。キメ技がないのだから、負けることはわかっている。体重差も十キロ以上あるし、毎回苦戦する。

わたしは逃げ回りながら、明るくなったり、ふっと暗くなったりする白いライトの向こうに見え隠れする、無数の男の人たちの顔を見ている。わたしはじつは、いつも、お客さんのほうを観察している。

密《ひそ》かに思っていることがある。

わたしが檻にいたころ……これではなくて本物の檻、赤ちゃん用フェンスの中にいたころ。家には、父と母がいた。わたしを閉じこめているのは母だった。だけど父も同じ家にいたから、わたしがそうなっていることはもちろん知っていた。

父にとって、わたしを檻から出すことは、母への裏切りだった。

多分。

だから、わたしが檻の中から、ビールを飲んだり、夕刊を開いたり、テレビのリモコンを捜す父をじいっとみつめているあいだ、父は、一度も助けようとしなかった。

わたしを檻から出して、黙って頭を撫《な》でてほしかった。

誰かがわたしを愛してるってことを、そうされることで知りたかった。

ずっとそう思ってた。

だけど父はそうしなかった。家の中で、わたしが檻にいることは〝起こっていないこと〟になっていたし、成人したいまではさらに〝なかったこと〟になっている。あの檻はいまでは庭に出されて風雨にさらされ、家庭菜園のフェンスになっている。食べられるんだか微妙な大きさの茄子《なす》が、初めて帰省した短大一年の夏休み、庭で風に揺れているのを見て以来、わたしは一度も帰省していない。

不思議なことに、わたしは母より、父に対して怒っている。母は病気だったと思う。心の。でも父はちがった。多分。父に助けてほしかった。でも誰も……わたしを助けない。当たり前だ。好きで檻の中にいる女の子を、誰が助けるだろう。大いなる勘違いをしない限り、そんなことしない。みんなショーを観にきている。ほら、笑ってる。わたしに声援を送っている。檻を揺さぶり、地面を踏みならし、拳を振りあげて、まーゆ！　まーゆ！　と叫んでいる。

ミーコのカカト落としが、わたしの右頰すれすれを滝のように流れ落ちていった。わざと外したらしいミーコが、あきれたように（ちょっと、ボーッとしないでよ！）と表情で伝えてきている。

タックルしてきたミーコの顎《あご》に、あわてて膝《ひざ》を合わせようとして、失敗する。倒されてマウントを取られたわたしの顔を、ミーコが拳で何度も強打する。髪を振り乱し、なにか大声で叫びながら、だが小声で、

（足！　足かけて、わたしの首に！　ボーッとしないでよ、アンタ今夜はおかしいわ

よ！）

（ご、ごめん……）

（なに考えてんのよ！）

（あの……わたしの人生について）

（…………そんなこといま考えんな――――っ!!）

わたしはあわてて足をのばし、ミーコの首に斜めにかけようとする。うまくいかないので、両足をミーコの背中で組み合わせ、そのままポジション交代に持ちこもうとする。これもうまくいかない。ミーコがじれたように、わたしの首に十字形に腕を回し、締めようとする。

わたしの体から力が抜ける。

ときどき、抵抗できなくなる。戦ったり、努力したり、ご飯を食べたり、部屋を掃除したり……そういうことがまったくできない状態になる。力が入らない。

寝転がったわたしの視線の先に、松明《たいまつ》の炎が揺らめいていた。その向こうから、稽古《けいこ》を終えたらしい制服姿の武史がブラブラ歩いてきた。やられているわたしを横目で見て、あちゃー、と頭を抱える。その横に誰か立っている。

その人は背が高い。

その人はじっとわたしをみつめている。

驚いたように立ちすくみ、ただ、こちらをみつめている。

まーゆ！　まーゆ！　まーゆ！

声援は大きくなる。わたしが死にそうにぐったりするほど、声援は空気を震わせて、天高く昇るほどに大きくなる。

ミーコが髪を振り乱し、「てめームカつくんだよ！　たらたらしやがって！　ブッ殺す!!」と叫んでいる。本当はわたしのことを大好きなくせに。だけどその言葉にわたしは悲しくなる。檻を感じる。そのとき……。

誰かが……。

誰かがフェンスのドアを開けて、スタスタ入ってきた。

背の高い影。

わたしは、社長かな、と思って、十字に締められたまま彼を見上げる。と、社長が、檻の外からビックリしたようにこちらを覗《のぞ》いているのが見えた。ということは……この人は社長じゃない。

誰？

ライトに照らされて、男の顔は見えない。痩《や》せた腕の先が、かろうじて見えた。わたしは怯《おび》えて、わたしの首から手を離したミーコに、しがみつく。じつは仲がいいのがバレバレだが、そのときはそんなことまで頭が回らなかった。

男が言った。かなり脳天気な声だ。

「おーいおーい、なんだこれ。大丈夫かよ。あ、あんたさっきの人じゃん。大丈夫？　ひっでーなー。女の子こんなとこに閉じこめて、こんなことして。女の子殴ったりしちゃダメじゃん。いや、女同士か。……でもダメじゃん。おい、立てる？」

「……はい」

わたしは、その細っこい腕に手を取られて、立ちあがった。

ミーコが呆然《ぼうぜん》とわたしを見上げている。その顔に（……なに？）と書かれている。だけどわたしには説明できない。

彼はわたしを立たせると、汚れた背中とお尻《しり》をバンバンはたいてきれいにしながら、ものすごく不思議そうに「なにこの恰好《かっこう》」と聞いた。

わたしは答えられない。

ミーコが我に返り、床にペタンと女の子座りをしたまま、聞いた。

「これって、さっきの、体育館にいた人？」

「そう……」

わたしはうなずいた。

ミーコはなにか言いたそうな顔をしている。

わたしは言葉が出ない。まさか、こんなふうにとつぜん別れの時がくるなんて思わなかったから。死ぬまでここにいて、死ぬまでこの仲間たちと格闘してると思っていたから。

わたしはミーコに、伝えられない、贖罪《しょくざい》のような……大きな〝ごめん〟の気持ちとともに、絞りだすように言った。

「ミーコ、わたし……」

「……なに？」

ミーコがささやくように訊《き》き返してきた。怯えてる。こんなミーコを初めて見る。

わたしは言った。

「この人とケッコンするから」

となりで彼が飛びあがった。

わたしの背中を叩《たた》いていた手が、ピタリと止まり、背を曲げてわたしの顔を覗きこむ。

目が合う。

まるで花を愛《め》でるような、植物に水をやるような、見たことのない無力で優しげな顔をしている。それからあわてたように、ズボンのポケットに手を入れ、反対側にも入れ、ワイシャツの胸ポケットに入れ……四角い名刺入れを取りだして、名刺を一枚出した。ひどく日常的なそのしぐさは、檻《おり》にはあまりにも似合わない。わたしはうつむき、かすかに笑った。

「安田友和《やすだともかず》です」

わたしは受け取った。

「あの……高山真由《たかやま》、二十一歳、です」

「あ、同い年だ」

彼……安田友和はうれしそうに言った。

お客さんはどこに行ってしまったのだろう。満員だったはずの、さっきまで大歓声だったはずの客席は、水を打ったように静まり返り、人の気配さえ感じられない。ジャガイモ畑のおいもみたいに、動かない頭がたくさん並んでいる。

わたしはミーコのほうを振り返らなかった。赤い子供用グローブを外して、床にポトリと落とした。二つのグローブは軽く弾《はず》んで、ミーコの足元に落ちて、動かなくなった。わたしは死んだと思った。動かなくなったグローブは〝まゆ十四歳〟の死体。ようやくわたしは檻の中で死んだ。すべて終わった。こんなにとつぜん終わるとは。

わたしは、なにも知らない安田友和に手を引かれて、ゆっくり、裸足《はだし》のまま、八角形《オクタゴン》を出た。二度と再び戻らないとわかっていた。二人でフェンスのドアを開けて、三段ある階段を下り、歩いていく。校舎の外壁にもたれた武史が、あきれたように口を開けて見ていた。ふいに……。

檻の中から、パン、パン、パン……と、手を叩く音が聞こえてきた。

ミーコが手を叩いている。それはゆっくりで、呆然《ぼうぜん》としたように、リズムもなく、続いた。誰もそれにあわせる人はいなかった。ミーコだけが虚無的に手を叩いていた。

わたしたちは中庭の湿った土を踏みしめ、走りだした。松明の炎が赤く揺れている。校舎の角を曲がる瞬間、獣の遠吠《とおぼ》えのような、ミーコの叫び声がわたしを追いかけてきた。

File. 2

ミーコ、みんなのおもちゃ

ミーコ女王様

19歳。天性のサド娘。趣味、彫金。

指名料2000円

わたしは山茶花《さざんか》の赤ピンクの花に埋もれた
月明かりが白かった。雪が降ってた

ブ、ブ、ブ………。

ブーツが、入らない⁉

わたしは顔を青紫色に変色させ、じたばたしていた。

入らないはずがない。先月、この衣装で仕事《プレイ》したときはギリギリだけど入ったのだ。このラバーブーツの二十センチヒールで踏んづけられることを、三度の食事より楽しみにしている人がいるはずなのに。入らないでは済まないだろう。なんとしてでも期待に応《こた》えねば……っ！

薄暗い控え室の腐りかけベンチに重い尻《しり》を乗せ、赤いエナメルの衣装で胸と臀部《でんぶ》の一部を隠しただけの姿で、わたしはブーツを片手に唸《うな》り続けていた。

み、み、み……。

右足だけ、入らないなんて⁉

こんなことがあっていいのだろうか。

わたしは、左足に装着し終わっていたブーツを一度脱ぎ、裸足《はだし》になって、控え室の隅にある薄汚れた姿見の前に立った。霞《かすみ》がかったような鏡の中の情景に、赤い衣装を身につけたわたしの姿が夢の登場人物みたいにぼんやりと浮かびあがっている。

わたしは気をつけの姿勢をして、自分の足を確認した。

我ながら、長い足。太ももの付け根は肉感的なのに、膝《ひざ》から下は細く、すっと長い。適度に筋肉のついたふくらはぎから、引き締まった足首にかけてのラインは、我ながら芸術的だ。

左。右。確認する。

……やっぱり。

右足のほうが若干、太くなっている。ふくらはぎのこんもりしたラインが先月より進化している。

わたしは……。

「…………あちゃー」

頭を抱えてベンチに座りこんだ。

ノックもせずに控え室のドアが開き、わたしと同じような服装をした、一回り細身の女の子が顔を出した。

「ミーコねーさん、お客さんが待って……あれ、なんで裸足なんですか？」

まだ入店して間もないその女の子に、わたしは投げやりにそのブーツを放り投げてやった。

「これ、あげる」

「えっ、マジですか？　わー、これかっこいいんだよなー。買うと高いから迷ってたの。

いいんですか？」

「うん……気が変わらないうちに持ってって」

「やったー！」

女の子の満足そうな顔を見ると、ブルーな気持ちも消し飛んでいった。元来、人の喜ぶ顔が好きなのだ。

わたしは気を取り直して、ロッカーから予備の靴を出した。ビニール製の、やたらテカテカ光るピンヒール。

ぐいぐいと足を押しこみながら、ひとりごちた。

「あー。二足のわらじも、そろそろ限界かなー。どっちかやめるかー」

「……なんか言いました？」

わたしのブーツをうれしそうに撫《な》でていた女の子が、顔を上げた。わたしは、なんでもないよ、と首を振って、立ち上がった。

身長百六十七センチ。二十センチヒールを履くと、百九十センチ近いグラマラスな大女になる。胸もお尻もかなりのボリュームで、その割に、コルセットで締めなくてもウェストはたったの五十六センチ。ミーコを見るだけでも価値がある、と、得意先の接待でこの店を使う常連さんも最近は多い。もちろんそういうお客さんは雰囲気を楽しむだけで、本当に痛いこと、熱いこと、きつい言葉なんてものは求めていないから、わたしはうまく、それっぽい雰囲気だけ楽しんでもらって、満足して帰ってもらう。

鞭《むち》を片手にブンブン振り回すけれど、かたわらの椅子や壁を叩《たた》いて派手な音を出すだけで、お客さんは叩かない。ポーズを変えて目を楽しませるけれど、怖がっているようなら触らない。インテリのお客さんが、後で飲み屋でウンチクを垂れやすいように、わかりやすいSM講義をしてあげて、最後には覚えが早いですねって誉《ほ》めてあげる。

そういう仕事の仕方をするわたしのことを、真性女王様の先輩たちは気にくわないらしく、〝なんちゃって女王様〟と呼んでさげすんでくれている。だけど、この不況下で生き残るためには、どのお店にもわたしみたいな子が必要なんだと思う。

期待に応える優等生タイプ、が。

わたしは昼間、このSMクラブでアルバイトをして、夜はまたべつの場所で働いている。夜行くのは『ガールズブラッド』というこれまたおかしな場所だ。そこでやっている格闘技に、最近は本気で興味を持ち始めているのだけれど、そのせいで本業の女王様のほうが、こうやって危機に瀕《ひん》している、というわけだ。

わたしはもう一度ため息をついた。控え室を出て、薄暗くて狭い廊下を抜け、ピンヒールを響かせて歩いていく。

わたしの利《き》き足は、右。そのことに気づいたのは格闘技を始めてからだ。人間には利き手と同じように利き足というものがあり、それは手と同じほうとは限らない。わたしは利き足である右を最大限使い、ハイキックから、ミドル、ローまで蹴《け》りまくっていた。左足はストッピングに使う程度。お客さんにウケるよう派手な技を出そうとすると、どうしてもそうなるのだ。

それにしてもさ……。

わたしは天井を仰《あお》いだ。

利き足だけ太くなって、ブーツのファスナーが上がらないなんて!!

そんな女王様、いるかっての！

プレイルームに入ると、お客さんはもう中で待っていた。

そびえるような大女になったわたしがカッカッと音を響かせて入ってくると、正坐《せいざ》していた彼はビクリと肩を震わせた。お許しが出るまで顔を上げてはいけないのだが、こちらを見たくて仕方がないらしい。

わたしは、ドラキュラでも出てきそうな血なまぐさいインテリアのその部屋で、無言でしばらく歩き回《じ》った。本当はすぐにでも「元気ー？」などと声をかけたいところだが、この人は焦らされたいらしいので、こちらも我慢しているのだ。沈黙がこそばゆい。あー、もう。話しかけて時候の挨拶《あいさつ》でもしたい。それに昨日も会ったしさ。知り合いなんだから、普通に喋《しゃべ》りたいよ。

わたしは足を止め、棚の上を点検する。出勤してきてすぐチェックしたけれど、もう一度しなければ気が済まないのだ。

綿ロープ。

麻縄。

三種類の鞭。

赤い蠟燭《ろうそく》。

鎖。

アクリル定規。

パール。

あ。

……蠟燭が一本足りない。きっちり十本ここに置いていないと落ちつかないのだ。もちろん一度のプレイで十本も使い切ることはほとんどないけれど、なんていうか、わたしはなんでも、きっちりしてないと発狂しそうになってしまう性質なのだ。

わたしは不機嫌になった。その気配が伝わったのか、お客さんがビクリと肩を震わせた。怖がっているんじゃない、期待に胸を高鳴らせているわけだ。ちぇっ。

顎《あご》を上げ、うかがうようにこちらを見る。すかさずわたしは言う。

「…………誰が顔を上げていいって言ったの？」

お客さんはハッとしてうつむく。大根役者だ。怒られたくてわざとやったくせに。

「いけない子にはお仕置きが必要ね」

わざとらしく言うと、彼は怯《おび》えたように首を振った。……まったくやっとられんわ。

わたしは、お客さんが態度や空気でそこかしこに落としていく、見えないヒントを拾いあげては、期待通りの虐《いじ》め方をしようと四苦八苦する。だいたいのお客さんは、まぁほんとのお客さんは、だけど、自分なりのストーリー、世界観を持ってやってくる。それを事前に打ち合わせできれば楽なんだけど、はずかしがって言わない場合も多い。でも、彼らはわがままだ。期待通りにシナリオを進めることを要求してくる。わたしはそのたびに、まったくもーわがままなんだからーと内心ぼやきながら、鞭で打ったり、○○に△△△△を□□□したり、まーその、ごにょごにょ……。

彼らは一見、虐められながら、わたしのほうを見上げる。わたしが彼らのことを考えて、彼らのために一心不乱であることを確認したいのだ。ボスは彼らのほうだ。で、今日のボス、この人は、ええと……。

全身みっしりと筋肉の鎧《よろい》をつけたようなこの大男を、わたしは罵《ののし》りながら立ちあがらせ、小さな椅子にうつぶせにさせ、急いでロープを持ってきて、両手両足を椅子にくくりつけるような、アベノ橋魔法☆商店街……じゃなかった、後ろ櫓月見橋《やぐらつきみばし》とかいう、摩訶《まか》不思議にして意味不明な縛り方で、なんとか縛り終えた。わたしはこういう幾何学的なことは超苦手なんだけど、このお客さんがどうしてもとリクエストしてきたので、昨夜、初心者用の参考書を片手に死ぬほど予習したのだ。受験生じゃあるまいし、正直、かんべんしてほしい。初めての縛り方なのでこちらは必死なのだが、黙っていると不満そうな顔をされるので、ひっきりなしになんだかんだと喋りながら、なんとか完成する。もーくたくただ。

気が遠くなってくる。

あまりにも人の要求に応《こた》えようと一生懸命になると、ときどき気が遠くなる。そして四苦八苦する自分の体から気持ちだけが抜けだして、天井近くをゆらゆら舞いながら、そんな必死な、こっけいな自分を冷静に見下ろしてしまっている。

わたしは彼の無言の要求通りに、一本鞭を当て、蠟燭を垂らし、踏み、☆☆☆を〇〇〇し、だー疲れたーと思いながら一通りのメニューを終えた。

ちらりと壁時計を見ると、四時二十分だった。プレイ終了十分前だ。

彼は満足そうに目を閉じている。これで終わったと思っているのだ。確かに、彼の用意してきたストーリーは、ここで終わりだ。

でも、ここでは終わらせない。

予想通りのプレイで終わったら、お客さんはもうこない。期待に添いながら、少しだけはみだす。ハプニングにあわてさせ、喜ばせ、呆然《ぼうぜん》とさせる。それもまた重要なことなのだ。

「まだ終わりじゃないわよ」

わたしの低い声に、彼が怯えたように目を開ける。次第に、期待に輝き始める。わたしは棚に戻り、さまざまなグッズを見渡す。

あー、気が遠くなるぜ。

たーすけてー……。

わたしは彼が使ったことのないグッズを手に取り、酷薄《こくはく》そうな表情を浮かべて振り返った。

彼の顔が引きつる。

「これにしようかね？」

彼は口の中でもごもごと「お許し下さい……」とつぶやきつつ、顔に驚きと喜びを溢《あふ》れさせる。わたしは冷たい微笑を浮かべて彼に近づく。百九十センチ近い長身を左右に揺らしながら、ゆっくりと……。

「ああ……」

とか嘆息をもらしやがる。

まったく、知り合いのくせに。ここでだけこうなんだから。やっとられんわ。

覚えてろっ。店出たらからんでやる。十九歳のただのききわけのない娘に戻って。腕がなるったらないわ。

☆

「よう、今日は早いな」

クラブを出て歩きだしたわたしの横に、体格のいい二十代後半ぐらいの男が並んで歩きだした。

わたしはしかめっ面をした。

ワイシャツにネクタイ。分厚い胸板と、引き締まったお腹。

……こんな人を見て、誰がわたしのお客さんだと思うだろうか？　わたしだっていまだに納得していない。なんとなくヘンだ。ヘンだヘンだヘンだっ。

さっきまで敬語だったくせに、お店でシャワーを浴びてすっきり出てきた途端、態度が偉そうだ。わたしは肩をすくめて、

「早く行こうと思って。やってみたい技があって」

「ふむ、それはなんだ？」

「相手の技に合わせるカウンター。ハイキックに合わせて後ろ蹴《げ》りとかさ。大技と大技がぶつかりあうから、見た目が派手だし、お客さん、喜ぶかなって思って」

「あなたはいつもそれだな」

彼が低い声でつぶやいた。

「……なによ、それって？」

「お客さんが喜ぶ、見た目が派手、そういう技ばかり追求する。あなたが本当にやりたいこと、理想の格闘スタイルとは、なんだ？」

「本当にやりたい……？」

わたしは戸惑って、口を閉じる。

「人が喜ぶことが、わたしのやりたいこと、だけど。いけない？」

「勝ちたくはないのか？」

「自分が勝っても、盛り下がってたら悲しいよ。……なによ、ダメなの？」

「ミーコはプロレス向きかもな」

「……どういう意味よ！」

わたしは不機嫌になって、黙って早足で歩きだした。六本木通りに出て、混み合う舗道をズンズン歩いていく。わたしは早足なのに、彼は大股《おおまた》で普通に歩くだけでわたしについてこれる。それがまた、腹が立つ。

十センチ近くヒールのある靴で歩いていたので、舗道の石にけつまずいて転びそうになった。と、彼がさりげなく、がっちりした腕を差しだし、わたしを支える。

腕に走る何本もの亀裂《きれつ》。痛そうな古傷。いかにも男らしいその腕。

わたしはキレた。なんかもー、空の青さも、郵便ポストの赤さも、彼のごつさも、なにもかもに腹が立つ。世界中がわたしにケンカ売ってるにちがいない。

「ちょっと、なんでわたしが、あなたにそんなこと言われなきゃいけないのよ！　心外だわ！」

彼は驚いたようにこちらを見下ろしてきた。

「なにを怒っているんだ。わたしはただ、武道とは己を追求するものであり、人のことばかり考えるものではないと……」

「わたしがやってるのは、ショーよ。それに、武道じゃなくて格闘技」

「ショーを名乗ろうと、格闘技と姿を変えようと、ものの本質は変わらん。己を律し、己を虐《いじ》め抜き、追求し、その日々の果てにいつの日か己を知る。そのための辛《つら》い鍛練だ。誰もがそれを知っている。格闘技にとりつかれた人間は。あのまゆでさえ、本能的にそれを知っている。だから格闘技にしがみついている」

「あのね……」

「これは、生きるためにやるものだ」

わたしはイライラして、大声を出した。

「うるさいわよ、もうっ！　だいたい、わたしが好き勝手、自分のやりたいようにやったら、どうなっちゃうの？」

「好き勝手とはなんだ？」

「例えばよ、あなたにキスしたり、甘えたり、お台場に誘ったりしたらどうすんのよ」

「……やめてくれ！」

彼は足を止め、真剣に懇願してきた。わたしは振り返って彼を睨《にら》みつけた。

「ミーコ。どうして、女王様と奴隷がお台場デートするんだよ。なにか物語があるのか、そこに？」

「ないわ。ただのデート」

「あり得ない」

わたしは肩を落とした。

はっきり言いやがって……。

わたしは〝なんちゃって女王様〟だ。相手の期待通りに、いろんな役を演じるだけの女の子だ。だけどこの人は本物だ。そこはもういかんともしがたい。うー。

　この人のことが好きなわけじゃない。だけどこの人がヘンタイだと思いだすたびに、なぜかわたしは悲しくなる。関係ないんだけど、なぜか寂寥《せきりょう》の念が浮かんで憂鬱《ゆううつ》になる。

「……この、マッスル・マゾヒスト」

「うちの業界には珍しいことじゃない」

「開き直らないでよ。あー、もう、ついてこないで」

「仕方ないだろう。同じ建物に向かっているんだから」

「わたしのこと好き？」

「……あなたが必要だ」

　わたしはとなりを歩く冷静なその顔を睨みつけた。小声で「必要？」とつぶやく。

「あなた一人の勝手な妄想のために？」

　彼は心の底から心外そうな顔をした。驚いたように、

「あなたとわたしの、二人の力で造っている世界だろう。わたしたちにしか造れない。とても建設的な関係だと思うが。ちがうのか」

「それ、ぜったいちがう」

「…………」

　彼は答えない。そのまま角を曲がり、しばらく歩き続け、目的地に着く。

六本木の裏通りを、道に迷う寸前まで彷徨《さまよ》うこと数分。統廃合によってずいぶん前に廃校になった小学校の校舎前だ。うらぶれた灰色の壁に、冬枯れたような花壇。鍵《かぎ》が開いている正門から、中に入る。

今日はまだ、正面のロータリーに、皐月の750ccのバイクが停まっていない。めずらしいこともあるもんだ。いつも早いのに。

わたしたちに遅れて、高校の制服姿の武史がタラタラと正門をくぐり、入ってきた。今日は背の高い、やけに痩《や》せた男性を連れている。道場の見学者だろう。

正面玄関から廃墟《はいきょ》に入ろうとして、わたしはまた足をひっかけ、転びかけた。彼ががっちりした腕でわたしを支える。いい雰囲気に見えたらしく、遠くから武史が「ひゅ〜♪」と口笛を吹く。

「よっ、お二人さん。大男と大女で、お似合いっ！　美女と野獣、なんちゃっ……」

わたしは腹が立って、腹が立って、仕方なかった。両拳を振りあげて、となりの彼に向かって叫んだ。

「もう、師範代《しはんだい》なんて大ッキライ!!」

彼は聞こえないふりをしている。

遠くで武史が、自分が怒られたようにヒャッと飛びあがった。

☆

『鮫島道場』と木看板が立てかけられた、もとは体育館だった道場に入ると、まゆが女の子の中では一番にきていて、隅でストレッチをしていた。

まゆはわたしの仲間。小柄で折れそうな体をしていて、顔は小動物のようにあどけない。思わず抱きしめて、大丈夫だよ、と言いたくなる、不思議な雰囲気を持っている。

本当は二十一歳と、わたしより二つも年上なのだが、とてもそうは見えない。実際、ショーのときは子供っぽいひらひらしたメイド風衣装を着せられ、まだ十四歳という設定で出演している。謎めいた静かな熱烈ファンが多くついていて、こう見えていちばんの稼ぎ頭だ。

常軌《じょうき》を逸しているほどかわいい存在の常として、彼女の精神は常軌を逸している。少しおかしいのだ。普段は本当に無害な、おとなしい存在だが、ほかの人よりも精神的に不安定で、さっきまでニコニコしていたのに、ふと気づくと死にそうな顔をしていたりする。

そんなとき彼女に触れると、きめ細かい白い肌は本当に死体のようにひんやりしていて、思わずこすって温めたくなる。

ほっとけない。側にいると自然とそう思ってしまう。気づくと彼女の姿を捜して、無事を確認している。そんなふうに彼女を大切にしている人は、ほかにもたくさんいると思う。

武史もきっとその一人だ。あのコは通っている高校に好きな女の子がいていろいろ悩んでいるらしいが、そういう気持ちとはべつに、まゆのことは常に心配している。かわいいと思って飼ったものの、いまにも死にそうな小動物の世話を、祈るような思いで続けているような、そんな気持ち。

つまり、たいへん迷惑な存在なのだ。そして、愛《いと》しい。

まゆはわたしに気づくと顔を上げ、眩《まぶ》しそうに微笑んだ。わたしが窺《うかが》うようにまゆをみつめていると、か細い聞き取りにくい声で「なーに？」と聞く。

「ううん。あんた、気分屋だから」

まゆは心外そうな顔をした。みんながまゆの不安定さを知っていて、気遣っているというのに、まゆにはその自覚がない。「昨夜はちょっと、暗かったじゃない」と続けると、まゆはなにかを思いだしたように目を細め、クスリと笑った。

「なんか、家帰ったら、一回ひどくなってから、治った」

だから心配ないよ、というような顔でストレッチを続ける。わたしは心の中で、だから心配なんでしょー、とつぶやく。

柔術着に着替えた師範代がこちらに近づいてくる。わたしはツンッと顔をそらす。師範代はまったく気にせず、わたしに、まゆと一緒にビデオを見て研究するよう指示している。簡潔で的確な指示。この道場には師範と呼ばれる人がいるけれど、実質的に毎日の運営をしているのはこの師範代だ。しっかりして、いつもなにもかも的確で、道場生に慕われている。……ヘンタイだけどね！

わたしは彼に返事もしなかったけれど、彼は小憎たらしいほど平気な顔で離れていった。気にしたのはまゆだ。小声で「どうしたの？　こわい顔ー」とつぶやいている。

わたしは答えなかった。ビデオの用意をして、やってきたほかの女の子にいろいろ指示を出して、椅子を出してきてまゆを座らせ、アドバイスしながらビデオを見始めた。

今日のまゆは、一段と弱々しく、ふいにパタンと倒れて死んでしまいそうに儚《はかな》かった。

わたしは普通に喋《しゃべ》りながら、ときどき、まゆのほうをチラチラ観察した。

まゆを失うような予感がしていた。わけのわからない不安が、寄せては返す波のように心の中で揺れ始めた。

☆

今夜も、ショーが始まる。

六時三十分、校舎一階の教室内にある『ガールズブラッド』出演者控え室に出勤したわたしたちは、社長から今夜の対戦カードと、皐月の欠席を発表され、廊下の奥にある更衣室代わりの理科準備室にぞろぞろ入って、各自の衣装に着替えた。

わたしは店でのメイクのまま、黒いラバーの衣装を身につける。柔らかな牛革製の編み上げブーツを履く。……そういえばこのブーツの靴ひもも、右足だけ若干、短くなってしまったような気がする。くよくよしながらもきっちりと履き終え、もたもたしているほかの子の着替えを手伝う。

まゆのヒラヒラレースがよれていないかを点検し、高原の美少女風の花柄ワンピース姿の子の、背中のボタンがずれているのを発見して直してやる。アイラインをひくのが下手な子の目を閉じさせ、細い筆ペン状のアイライナーで瞼《まぶた》の際に官能的な黒いラインを引いてやる。

全員が着替え終わると、もうオープン時間を数分、過ぎている。中庭の前に、オープンと同時にいい席を確保したいお客さんたちが集まってきているはずだ。わたしたちは社長にせき立てられ、小走りに暗い廊下を走りだす。中庭に飛びだすと、ネオナチ風のウェイターにつぎつぎ手錠をかけられ、開け放たれた八角形《オクタゴン》の鉄扉から放りこまれる。

明々と燃える松明《たいまつ》。夜の風に炎がバサリ、バサリと揺れる。

夜空には星が瞬いている。

静かな夜の中庭。わたしたちのかすかな、そしてどこか淫靡《いんび》な息づかいだけが響いている。

わたしたちは、フェンスに張りついてそれぞれのポーズを取る。気の強い子は怒りのポーズを、かわいい系の子は怯《おび》えた小動物のような表情を浮かべ、静止する。

社長がうなずき、パッチン、と指を鳴らす。

暗い中庭に、ふいに大音量のレニー・クラヴィッツが流れだす。自由とか死とか青春がどうたらという英語の歌詞が、ロックのビートとともにいたずらに空気を揺るがす。わたしたちはビートに合わせて、体をゆっくりうごめかせ始める。

白いライトがグルグル回りだす。わたしたちの顔を、体を、音楽を、めちゃくちゃに照らしたり暗闇に押し戻したりしながら、回転を増していく。

中庭にお客さんたちが入ってくる。

同時に、花火が景気よく打ち上げられる。わたしたちはまた声を上げ、激しくうごめく。お客さんたちが席に着き始める。サラリーマン風の男性。まだ学生らしい、きょろきょろと見回しながら入ってくる男性。騒々しいグループから、一人きりの静かな客まで、客層はさまざまだ。

わたしたちは檻《おり》の中で、声を上げたり、うごめいたり、天井を仰《あお》いだりする。社長がノリのいいマイクパフォーマンスで、〝女の子の格闘《キャットファイト》〟への煽《あお》り文句と、今夜の対戦カードを読みあげる。お客さんたちはなにか囁《ささや》き合いながら檻の前を占領したり、ベンチに座り、渡されたおしぼりで手や首や顔を拭《ふ》き始める。注文を受けたウェイターがお酒や氷を持って回り始める。

わたしは、一人できている若い男をみつける。初めてきたらしく、いちばん前のベンチにポツンと座っている。両手でおしぼりを握りしめ、こわごわと檻の中を覗《のぞ》きこみ始める。

わたしはゆっくりとその男の前に歩いていき、フェンス越しにキッとみつめる。男がビクッとする。わたしはしっかりと縁取りして真っ赤に塗った唇を開いて、怯えたようにこちらを見上げているその男に、大きく舌を突きだす。

男の目がわたしに釘付《くぎづ》けになる。舌の真ん中に輝いているシルバーのピアスに、目玉を飛び出さんばかりにしている。それから、徐々に、笑顔になる。唇が動く。聞こえないけれど、唇の動きで、彼がなんとつぶやいたかわかる。

(すっげー……っ!)

わたしにはわかるんだ。初対面でも。その人がどうしてほしいか。なにが見たくて、きたか。

それは……。

それは………。

わたしはふいに、夕方、師範代と交わしたあの不愉快な会話を思いだす。

「己の追求が、武道の目的。それはショーに姿を変えようと、格闘技と名を変えようと、変わらぬ本質だ」

……わたしは首を振る。

長い髪が激しく揺れて、自分の頬をぴしり、ぴしり、と打った。

こうして人を喜ばせることを追求しているのは、己の追求とはちがうんだろうか? 死にもの狂いでこうやって生きていることは、ちがうんだろうか? わたしがいなかったら、あの人はどうなるんだろう。べつの……真性女王様のところで同じことをするだけなんだろうか? わたしという存在はいてもいなくてもなにも変わらないんだろうか?

わたしの顔にふいに浮かんだ呆然《ぼうぜん》とした表情を、その若い男が不思議そうに見上げている。わたしはあわててきびすを返し、檻の中を歩き回った。ほかの女の子たちも、それぞれ、フェンスにしがみついて泣き真似をしたり、怯えてしゃがみこんだり、フェンスにぶつかって怒りの叫びを上げたりしている。真ん中でまゆが、かわいらしいピンクの衣装を身につけた体を縮こまらせ、体育座りしていた。動かないその姿にファンの視線が集中し、そこだけ空気が焼けるように熱い。

わたしは檻の中を歩き回った。なにかを探すように。閉じこめられた野生動物みたいに。焦りと、哀しみと、怒りがない交ぜになって、ふいに凶暴な気分になる。フェンスに体ごと思い切りぶつかり、揺すりながら雄叫《おたけ》びを上げると、中庭のあちこちから「ミーコ！」と声がかかった。わたしは叫びながら悲しくなった。

オープニングパフォーマンスが終わり、音楽とライトが消えた。わたしたちは静かになり、指名にそって八角形《オクタゴン》を出た。第一試合が始まる。

指名料を払ってくれるお客さんがいれば、ウェイターに引きずられてベンチに手錠で繋《つな》がれ、客のとなりに座る。いなければ誰かのヘルプにつく。人気のあるまゆなどは忙しく客席を行ったりきたりしなくてはいけない。

ウェイターが近づいてきて、

「ミーコさん、指名が…………うわコワイ顔。機嫌わる」

「ほっとけ。え、指名？　今日は常連、きてないみたいだけど」

「お試しできた客が、気に入ったみたい。ほれ、あのお兄さん」

ウェイターに指差されて、わたしは振り返った。さっき舌ピアスを見て目玉を飛びださせていた若い男がいた。

わたしは肩をすくめて、ウェイターのほうを向いて、ぷかぷか煙草を吸っている。

いった。やわらかい土を踏みしめ、ウェイターに引きずられて、ふてくされたように大股《おおまた》で歩いていった男が、手錠をベンチに繋がれるわたしに、眩しそうに目を細める。気配を感じてこちらを見上げた男が、手錠をベンチに繋がれるわたしに、眩しそうに目を細める。

わたしはドカッととなりに腰を下ろし、しばらくのあいだ男を無視していた。八角形の中をただみつめている。男が困ったように身じろぎし、話しかけようかと言葉を探し、じれたころ、となりを見る。

男が意外に感じるほど、愛想よくニッコリする。

「指名サンキュ。……ここにきたの初めて？」

「はぁ、あの、その、格闘技を見ることも初めてで。あの、ここの噂を聞いて……」

男はどぎまぎして、完全に、わたしの機嫌を取ることに意識を集中し始める。きまぐれにわたしを指名しただけのお客さんを、うまく支配しつつあると感じる。これからもこの廃墟《はいきょ》に夜ごと通ってきて、わたしに興味を持ち続けるように……。

わたしは半分気絶したような精神状態のまま、その男に笑顔を向けたり、わざと返事しなかったり、機嫌を損ねたふりをしたり、とつぜん甘えかかったりした。そうしながら、わたしは自分のことを考え始めた。「武道は己の追求」つまんないことを言ったあのマッスル・マゾヒストのせいだ。まったくもう、マッチョのくせに。おかしなことを言ってわたしを混乱させて。わたしはこのままでいいのに、混乱させて……。

わたしの初恋は小学四年生のとき。同じクラスの男の子だった。とくに目立たない普通の子。だけど、彼のことを好きだっていう女の子がもう一人いた。わたしのほうがかわいかったし、もうだいぶ発育がよくて男子にからかわれたりしてたし、わたしは勝てるって思った。

だけど結局、わたしはフラれちゃった。その男の子はこう言ったんだ。

「君は一人で生きていける」

……一人で生きていけるわけあるかっての。まだ児童じゃん。でもまぁ、そのときわたしは悟ったんだ。このままの、素材だけじゃ、愛されないって。

わたしは、世界が……いや、社会が自分になにを求めているのか考えるようになった。愛されたかったから。当時のわたしにとって、社会とは〝学校〟と〝家庭〟。いきおい、わたしは優等生になった。勉強もできて、性格も温厚で、頼りになる。やろうと思えばなんでもできた。わたしは頭もよくて、手先も器用で、運動神経もよかった。中学生のときは学年で五番以内の成績で、生徒会副会長をやった。なんで会長じゃなくて副会長なのかというと、当時の先生たちが、いくら優等生でも、女生徒がトップに立つことを快く思っていない、という空気を敏感に察したのだ。さすがわたし。応用の利かない頭でっかちの会長を立てて、立てまくって、うまいこと生徒会をもりたてた。わたしは嫌みなぐらいい子だった。誰からもとくに嫌われてはいなかった。

三年生になったとき、転校して、名字が変わった。親が離婚したのだ。わたしがいい子でも、悪い子でも、それには関係なかったらしい。なんだかわたしはグレてしまった。別人みたいに荒れて、遊びまくった。

そんなとき、担任になった若い先生がすごく心配して、夜の街に捜しにきたり、わたし一人のために走り回ったりしてくれた。わたしが、社会……学校とか家庭に求められることより、個人に求められることに、応《こた》えようと努力し始めたのは、ここからだ。

わたしが困った生徒でいる限り、その先生は張り切って力になってくれた。新任のその先生にとって、問題児で、でも自分の力を求めている、複雑な家庭で育った生徒、は、必要な存在だったのだ。わたしはそれに応えて、暴れまくった。快感だった。個人に求められていることが。

その先生とは駆け落ちまでした。その人が現実から逃げたがっていて、いっしょに地の果てまで逃げてくれるピュアな女の子を求めていたからだ。応えられるギリギリまで、わたしは応えた。追っ手がきて、捕まって引き離されたとき、彼女の顔には満足そうな笑みが浮かんでいた。彼女の中に描かれていた物語が、そこで完結したんだな、って、わたしにはわかった。もう彼女はわたしのほうを見なかった。もう必要なかったから。婚約者の男性が迎えにきて、彼女を連れて帰った。

わたしは奇妙な達成感と、厭世観《えんせいかん》にまみれて、家に帰った。

母親の再婚相手がそのころは家にいて、一連の事件にげっそりしていた。この人もまた、物語を欲していた。わたしはついそれに応えようとしてしまった。大人びてセクシーで寂しがり屋の継子《ままこ》に慕われて、困りつつ落ちていく中年男、ってやつ。なんだそりゃ。結果、わたしは居場所をなくした。事の最中に帰ってきた母親に、持ちあげられて二階の窓から放りだされた。落下してるときは、許してもらえると思いこんでた。だけど、帰ってくるな鬼の娘と叫ぶ声が聞こえてきて――自分が産んだのに。じゃ自分も鬼なのかな――わたしは息を飲んだ。

庭の山茶花《さざんか》の木立に落っこちて、枝をバリバリ折りながら、なんとか怪我もせず着地した。冬だった。わたしは山茶花の赤ピンクの花に埋もれて、灯《あか》りのついた二階の窓を見上げた。母親の顔が見えた。鬼だった。もう帰れないと思った。

月明かりが白かった。北陸のその町では雪が降っていた。

十五歳。

――夜の街に出た。

わたしはお店にいて、お客さんはどこからかつぎつぎにやってきた。お金をもらって、時間の制限がある中、わたしはそれぞれの物語に応えようとした。なにを欲しているのか察して、それに応える。そうやっているとかろうじて生きていけた。必要とされていると感じた。プロ意識も芽生えた。わたしはパートタイムで自分の生き方を切り売りし始めた。

幸い、歳より上に見られる容姿のおかげか摘発されることはなかった。

だけど体を壊したので、肉体を酷使する仕事はやめることにした。本格的に、物語に応える能力を使おうと思った。行き着いたのがいまの仕事。〝なんちゃって女王様〟だった。この世でもっともわがままなお客さん、それがSMクラブにくる〝M男くん〟と呼ばれる人種だった。腕が鳴った。

わたしは、真性のM男くんにはそれなりにハードな夢を、興味本位で覗《のぞ》きにくる人には、望んだ通りの適度に色っぽくて適度に刺激的な解説を、与えるようになった。

わたしはなんにでもなれる。

でも……。

きっと……。

こんなふうに生きていると、わたしの人生はわたしの手からすり抜けていく。

いつか自分の名前も、歳も、なにを欲しているのかまるでわからなくなって、廃人みたいになって、ドブにでも捨てられてしまいそうな気がする。

消費されて、捨てられる。

おもちゃの宿命。

ふいに自分の名前が呼ばれたので、わたしは我に返った。

第二試合が始まろうとしていた。真っ暗だった八角形《オクタゴン》にライトが当てられ、そこに、対戦相手であるまゆがすでに入っていた。

小さな、かわいいまゆ。

大切なコ。

彼女はピンクのメイド服のような衣装で、八角形の真ん中に体育座りしていた。うつむいたその顔は、肩の辺りで切り揃えられた黒髪のせいでよく見えない。ほっそりした小柄な体。衣装の胸は、十四歳という触れこみ通りにペッタンコに見える。でも本当はそうでもないことを、わたしは知っている。むりやり小さめの下着をつけて、ショーのときだけ子供に見せているのだ。お客さんたちは知らない。そう思うと奇妙な気分になる。わたしだけがほんとのまゆを知っている気がする。

わたしはウェイターに引きずられ、唸《うな》り声を上げたり、抵抗しながら、檻《おり》に放りこまれた。フェンスの鉄扉が乱暴に閉められる。キィィ……とその音に、まゆがびくりと肩を震わせ、顔を上げる。

心底、怯《おび》えきった顔。

わたしは薄く微笑む。

そんなに怖がらなくても、大丈夫だよ、まゆ。わたしだから。

わたしは絶対にあんたを傷つけない。

あんたのいやがることはしない。

わたしが数歩、近寄ると、まゆは怯えたように立ちあがり、後ずさる。社長のアナウンスが、客で埋まる廃墟《はいきょ》の中庭を盛りあげる。わたしがボクシングスタイルで構えると、まゆも怖々《こわごわ》といった様子で、構える。

ゴングが鳴る。わたしは一度大きく首を振り、叫び声を上げる。

お客さんたちが、わたしとまゆの体格のちがいに、まず目を凝らしているのがわかる。二人は十五センチ近く身長がちがう。それにこの衣装。いたるところが鋭角なラインのこのサディスティックな姿に、お客さんたちは興奮し始める。

まず手始めに、長く、肉感的なこの足を振りあげ、まゆの頭上にカカト落としを落とす。まだ目の慣れていないお客さんにわかりやすいよう、まゆが受けやすいよう、スローモーションに近いスピードで。

まゆがかろうじて十字受けで受ける。軽く「うっ……」と悲鳴を上げる。お客さんがどよめく。続いて、中段回し蹴《げ》りを、これもまた大きく弧を描いて蹴り、まゆが肘《ひじ》でブロックした姿勢のまま、しばらく静止する。

一瞬遅れて、どよどよっと客席がどよめく。

そこからスピードを上げていく。つぎつぎに繰りだす大技。逃げ回るまゆ。二人の息があったショー。しかし、今夜のまゆが少しおかしいことにわたしは気づく。

カカト落としに気づかず、受けようとしないまゆ。その白い頬すれすれをわたしのカカトが流れ落ちていく。ヒヤリとする。

組み合ったまま床をゴロゴロ転がる。どうもまゆの様子がおかしい。軽めに組んでいるだけなのにポジション交代ができない。わたしがむりやり転がって下になるのも、あまりに不自然すぎるか、と迷う。仕方なく馬乗りになったまま「てめームカつくんだよ！」などと叫び、まゆの顔すれすれに拳《こぶし》を通過させて床を叩《たた》きまくる。観客はヒートアップし始め、いつもより盛りあがっている。計算が利かなくなって、わたしは焦る。このつぎどうしたらいいかわからない。まゆ、なんとかして。まゆの動きにあわせるから、わたし……

……ちょっと、まゆ、聞いてるの？

まゆは眩《まぶ》しそうに目を細めて、どこかを見ている。わたしもつられてそちらに目をやる。中庭の端から、高校の制服姿の武史がたらたらと入ってくる。家賃を払うまで道場の人たち、社長をさけてるのに、あいつ、平気で入ってきた。まぁ高校生には社長も家賃の催促なんてしないだろうけど。ただ道場に通ってきている子、ってだけだし。……武史のとなりに見慣れない男が立っている。ひょろっと瘦《や》せた若い男。わたしはそいつが、夕方、道場にいたことを思いだす。見学にきた武史の知り合いだと言っていた。そいつと……。

そいつと、まゆが、みつめあっていた。

わたしが馬乗りになって、わたしが組んでいるはずの、いま、わたしと二人きりでこの世界に存在しているはずのまゆが、世界の外にいる男をみつけてしまう。

二人の間になにかが生まれるのがわかる。体の中心に穴が空いて、中の空気がぷしゅぅぅ……と抜けていくような、絶望的な時間がやってくる。

ほんの数秒。

だけど、生きている限り二度と味わいたくないような冷たく乾いた時間。

——わたしはマウントを解いた。

まゆが怯えたようにわたしにしがみついてきた。わたしは失うまいとまゆの細い白い体を一心不乱にかき抱《いだ》いた。

こんなにも力を込めているのに、指と指の間から、まるで液体でできているかのように、まゆの存在がこぼれ落ちていく。

男が鉄扉を開けてスタスタと入ってくる。まゆしか見えていないみたいに。

わたしは半狂乱になって、なにかに祈る。

お願い、まゆを連れていかないで。

なんでもするから、まゆを取らないで。

いやだ。

いやだいやだいやだ。

まゆ、まゆ、まゆ、まゆ、まゆ。

男がまゆの手を取って立ちあがらせた。まゆがなにか言った。聞こえない。まゆが赤い小さなグローブを外して、床に落とした。まゆがなにか言い、男もなにか言った。

聞こえません、聞こえません。なにもわかりません。

まゆが静かに出ていった。

わたしのまゆが、この檻から、自分の意志で出ていった。

その背中は小さくて、でも、妙な自信に満ちていた。わたしは虚無的に両手を上げた。誰もなにも言わず……こんなにも人気があって、こんなにもこのショーを盛りあげたまゆの退場に、誰もなにも言わないのが悲しかった。わたしは両手をパン、パン……と叩いた。

まゆの肩がピクッとした。戻ってきて、と思った。お願い、行かないで…………………。

まゆが出ていった。中庭を走り抜け、誰ともしれない男とともに急速に遠ざかっていった。

わたしはふいに大声を上げた。それは自分でも驚くほど悲痛な、獣のような咆哮《ほうこう》だった。落ちていた赤い小さなグローブを抱きしめた。まだ汗でなま暖かい。これが冷えて硬くなってしまうのがこわい。

声を上げながら、目を見開いて夜空を見上げる。

あの夜の月明かりのように、ライトが白くわたしを照らしていた。

わたしはどこにも行けていないんだ。

家にも帰り着いていないし、新しい家を造ってもいない。

自分が、あの夜、二階の窓から投げ捨てられた十五歳の子供のままなんだと気づいた。

涙が流れ始めた。

――鉄扉が乱暴に開かれ、大きながっちりした腕がわたしを抱えた。引きずられるように八角形《オクタゴン》を出た。そのときライトも消えた。なにも見えなくなる。

わたしはグローブを抱いたまま獣のように泣き叫び続けていた。わたしを抱えたその太いがっちりした腕が視界をよぎった。何本もの古傷。それとは似合わないネクタイも見えた。

マッスル・マゾヒストが、わたしを救出して、中庭から引きずり出し、校舎裏にひっそりと立つ体育館に連れ去っていった……。

☆

「どう?」

「いや、まだ………幼児返りを起こしている。そっとしておこう」

低い声がボソボソいうのが聞こえた。道場の中からだ。

わたしは大きな体を胎児のようにきゅっと縮こまらせ、床に転がっていた。体育館内の鮫島道場の更衣室。もともとは用具入れだった場所を改造し、ロッカーとベンチを置いている。汗と埃《ほこり》の臭いが混じって、苦酸っぱいような不思議な悪臭を撒《ま》き散らしている。男所帯はこれだからいけない、と思いながら、わたしは寝返りを打った。また縮こまる。

ガラガラッ……と更衣室のドアが開いて、青い顔をした武史が覗《のぞ》き込んできた。更衣室の中を見回して「あれっ? いねーな」とつぶやき、一拍おいてから、床に転がっているわたしに気づき、文字通り飛びあがる。

「うわっ⁉」

それから、驚いたことをごまかすように「さ、貞子《さだこ》かと思ったよ」とつぶやいて頭をガリガリ、ガリガリかく。

わたしがなにも言わないので、張り合いなさそうにため息をつく。

「ミーコさん、コーラ飲む？」

「のみゅ」

「………」

幼児語で答えたら、武史は無言のまま、目玉を見開いてあ然とした。おそるおそるわたしを覗き込む。わたしは上体を起こして、たどたどしく言った。

「のまちて」

「……………………………はい？」

武史は逃げ場所を探すように、右を見て、左を見て、天井を仰いで、それから覚悟を決めたようにそろそろ近づいてきた。わたしのそばにしゃがみ込み、缶コーラのプルトップを開ける。走って買ってきたのか、開けた途端に茶色い泡がぷわぷわと生まれて、武史の高校生のくせに大人の男みたいにごつい手の指に溢《あふ》れだしていった。

武史はあわてて「おっとっとー」とつぶやき、缶コーラに唇を当てて溢れてくる泡を飲んだ。うまそうに三口ほど飲んでから、ハッと気づいて気まずそうにわたしを見下ろす。

「あ、飲んじった。………はい」

「のまちて」

「…………………………………………………………………………だーっ、わかったよ！」

武史はため息をついて、わたしの口元まで缶コーラを差しだした。わたしがちゅうちゅう と飲み始めると、缶の角度に細心の注意を払いながら、小声でつぶやいた。

「なんだよ、幼児返りって。大人がなんで赤ちゃんのふりしてんだよ。わっかんねー……。まいっか」

飲み終えたわたしが缶から口を離すと、武史はあわてて、缶の角度を元に戻した。間に合わずに数滴、わたしの胸元に落ちた。黒いラバーの衣装をつけたわたしの白い胸を転がり、谷間に消えていくコーラを、武史がボーッとみつめている。

わたしはふいに調子を取り戻した。妖艶《ようえん》な感じに微笑んで、囁《ささや》いてみせる。

「武史、間接キスね……」

武史が一拍おいて、飛びあがった。

それから道場のほうに向かって、

「師範代ぃぃ!!　ミーコさんが、おかしい!!」

道場のほうから師範代の落ちついた答えが返ってきた。

「知っている」

「じゃなくて、おかしーって、マジで」

「少し落ちついたか？　それならタクシーを呼んで、送らせよう」

師範代が大股《おおまた》で近づいてきて、更衣室の前に立った。座りこんだままのわたしを見下ろす。そのいかつい顔がいつになく心配そうに曇っているのに気づいて、わたしは救われる思いがした。

人に心配させるなんて、人に気を遣わせるなんて、なんてまーめずらしい。わたしは立ちあがろうと四苦八苦した。足に力が入らず、膝《ひざ》も笑っていてぐにゃぐにゃだ。師範代はじっと、体を制御できずにじたばたするわたしを見守っている。わたしがようやく立ちあがると、彼は、部屋の隅にまとめられていたわたしの荷物を指差した。

「着替えて、帰りなさい。……着替えられるか？」

「……むり」

「では手伝おう」

武史がキョトンとしている。師範代は武史に、目で、出ていくように指示した。武史はまだキョトンとし続けている。

「へ、着替え？　手伝う？　へ？　なに？」

師範代がじれたように、わたしのほうを指差した。

「そういう関係なんだ」

「………………………………えっ？」

武史の顔に、つ、つきあってたの⁉　という驚愕《きょうがく》が浮かぶ。ぎょへー‼　という顔をしている。師範代はそれに気づいてか、気づかずか、落ちついて訂正した。

「いや、ちがうな。わたしが客なんだ」

「きゃく⁉」

武史の顔に、まるでスローモーションのように、えーすーえーむーくーらーぶーのぉぉぉぉぉ～？　という言葉が浮かんで、どこかの宇宙に吸いこまれていった。

師範代は「誰にも言うなよ」と念を押し、武史の体をぐいぐい押して更衣室から追いだそうとした。武史は何度も何度もうなずいて、泣き笑いのような顔で押しだされていった。

ドアを閉める。

しばしの沈黙の後、体育館の出口付近から、武史の、

「……Ｎｏ～～～～～～～～～～～⁉」

悲痛な叫び声が聞こえてきた。続いて、バタバタと走り去る音。

師範代がドアのほうを振り返り、あきれたように「どうして英語なんだ……？」とつぶやいた。

わたしはクスクス笑った。笑いが止まらなくなり、不審な顔をされてしまうまで肩を揺らして笑い続けた。

「……なに笑ってるんだ」

「よかったの？　カミングアウトしちゃって」

「武史はしゃべらない」

「まだ高校生なのに。あなたのこと尊敬してるのに」

「小学校高学年のとき、尊敬している親父の女装姿を見た。それよりマシだろう」

「……誰の話？」

師範代は答えない。

わたしの傍《かたわ》らに、片膝ついて座り、ていねいにラバーの衣装を脱がせていく。胸の谷間と、背中と、腰骨の近くに、ラバーでひきつれたほの赤い跡が残っている。

彼はタオルを絞ってきて、汗の乾いたわたしの体をていねいに拭《ふ》き清めていく。ラバーの跡が残るラインだけを、特に何度もこすっているように見えた。大切なものを一心に磨いているような、おかしいほど真摯《しんし》な横顔だった。

わたしはふと言った。

「客なんだ、って言ったって、わたしの裸なんて見たことなかったでしょ」

「当たり前だ。奴隷が女王様の裸見たがってどうする。それじゃ普通だ」

「初めて見て、どう？」

「……どう？」

彼は訊《き》き返す。

しかめっ面をしたまま、

「あなたが気に入っているなら、いい体なんじゃないか」

「……師範代のいうこと、むずかしい」

「これからどうする」

わたしはうつむく。

裸のまま座りこんでいると、それはゴージャスなヌードでもなんでもなく、むりやりひんむかれた白いみみっちい生身、っていう感じがしてくる。わたしは見ている人の目線なんて考えられなくて、ただ不安げに縮こまってしまう。

小声で、師範代に聞く。

「……まゆは」

「出ていった。もうこないだろう」

「わたし」

なにか言いかけて、言葉がみつからず、ただ涙ぐんでしまう。裸の女と二人きり、しかも涙ぐまれているというのに、師範代は微動だにせず、真面目な顔つきでわたしを凝視している。

あっぱれヘンタイめ。つくづくすごいヤッだ。

わたしはそのことにあきれかえって、だんだん、陽気な気分に戻っていく。

立ち上がり、お尻《しり》を揺らして歩く。着替えをまとめたものを持ちあげ、ぱっぱと着替え始める。赤い総レースのブラジャーをつけ、お腹や背中のお肉も寄せ集めて大きな谷間を作る。下もつけて、金ラメのビスチェを頭からかぶる。パンツをはいて、足首にチェーンのアンクレットを巻く。

その仕草を、師範代がじっとみつめている。その視線は重たくねっとりしているが、驚くほど無力だ。勝手に見てるがいい。指をくわえて見てるがいい。死ぬまで物語とやらの中にいるがいい。もう、知るか。

着替え終わり、バッグを持つと、師範代が更衣室のドアを開けてくれた。

「タクシーを呼ぼう」

「近いから、歩いて帰れるけど」

「今日は歩かなくていい」

「……送ってくれないの？」

彼は答えない。

わたしは肩をすくめた。

校舎を出て、師範代がわざわざ呼んだタクシーに乗りこむと、わたしは自宅とはちがう住所を告げた。

行ったことはないけれど、だいたいの場所はわかる。番地がわかるのだからなんとか辿《たど》り着くだろう。

二十分ほど走り、「この先は一通《いっつう》が多いからムリですよ」と運転手に言われた場所でタクシーを降りた。とぼとぼと歩いていると、小さな公園に出た。公園の前にこの辺りのマップがあったので、それをもとにマンションを探し当てる。

一階のいちばん端にある、その部屋の前まできた。まったく、女なのに一階に住むなんて不用心すぎる、とわたしはあきれる。

玄関のインターホンを鳴らすと、しばらくして、乱暴にドアが開いた。来客が誰か確かめることもしないらしい。ドアがわたしの鼻先すれすれを猛スピードで通過していき、その向こうから、アッシュ・ブロンドの髪を立たせた小さな頭が現れた。

皐月だ。

口に歯ブラシを突っこみ、ビックリしたように目を見開いている。歯ブラシを握った手を降ろしながら、

「……………ミーコ？」

「入っていい？」

「だ、だだだだ、ダメだ、ダメだ!!」

皐月はあわてたように、半ば強引に玄関に入ろうとしたわたしを押しとどめた。皐月は細身だが、身長はわたしと同じか、少し高いぐらいあるし、ずっと空手をやっていたせいで体に地力がある。わたしは皐月の相撲のうっちゃりみたいな力強い動きに、ドスドスと外に押しだされてしまった。

「なんでよ？　誰かきてんの」

「いや、一人」

ふてくされたように言う。

「じゃあ、いいじゃん」

「やなんだよ」

「……なんで？　わたしがキライ？」

「そーじゃなくてさー。あー、もう。女ってめんどくせ」

おまえも女だっ！　と言いたいのを我慢して、皐月のパニックが収まるのを待ってやる。

皐月は歯ブラシを握ったまま、狭い玄関をあっちにウロウロ、こっちにウロウロ、獰猛《どうもう》なライオンみたいに歩き回り始めた。

皐月が動くたび、なんかサロンパスくさい。

よく見ると、無地のタンクトップから、背中に貼られた特大の湿布が覗《のぞ》いていた。どうやら、今日のバイク事故で打ったところに貼っているらしい。

「そういや、事故、大丈夫だったの」

「いまごろ言うなよ。その見舞いできたんじゃないのかよ」

「そんなわけないでしょ。相談があってきたのよ」

「だーっ、女って、これだよ。わたし、わたし、わたし。わたしの話聞いて、わたしの心配して、わたしに余計なこと言わないで、わたしに…………」

「うるさい」

わたしが一喝すると、皐月は黙った。

歯ブラシを持っていないほうの手でアッシュ・ブロンドの髪をわさわさかいて、面倒くさそうに黙っている。

わたしは、そういえば皐月がこんなに薄着しているところ、初めて見たな、と思った。いつも体のラインがわからないような男っぽいジャケットを羽織ったりしていて、一見、男とも女とも判別しづらいことが多い。今夜は、家に一人でいたからこんな恰好《かっこう》なんだろう。

美しい鎖骨のくぼみから、鍛えられてひきしまった腕までの筋肉の流れ。胸の隆起は意外と大きい。細身の体には似合わないほどの脹《ふく》らみだ。ブラはしないらしい。折れそうに細いウェストだが、きゅっと引き締まった腹筋と背筋に支えられているのだろうと予測がつく。

わたしがジロジロ見ているのに気づくと、皐月はあわてたように部屋に戻り、白いシャツを羽織って戻ってきた。

「なによ」

「ジロジロ見んなよ」

「あんたがいつも見せないからでしょ。それより、部屋に入れてよ」

「やだよ」

「なんでよ！」

皐月はまた頭をわさわさ掻《か》いた。言いたくなさそうに、辺りをキョロキョロしながら、仕方なく口を開く。

「ここ、引っ越してまだ間もないんだよ」

「だからなによ」

「この部屋に女が入るの、これが初めてなんだ」

「はぁっ？」

「初めて入る女がミーコなんて、なんかやだ」

わたしはプチンと切れた。

皐月をドンッと押して、乱暴に靴を脱ぎ、ズカズカと部屋の中に入ってやった。玄関先で皐月が「あー……」とうめいている。

ごねていたわりには気にしないらしく、バスルームに入ってガラガラガラーッとうがいして、部屋に戻ってきた。

モノトーンでまとめられたシックな部屋。シルバーの骨組みの棚には、暗い表紙の格闘マンガと、戦争映画のＤＶＤ、ジャズの中古レコードなどがバラバラに並んでいる。皐月らしい部屋だな、と思った。仮の宿みたいにひんやりしてて、おかしなものしかない。でも、きっと必要なものばかりなんだろう。

部屋の入り口で、皐月が壁にもたれ、こちらをじっと見ている。男が女を値踏みするときみたいに、微妙に目を細めて。

「……なによ」

「おまえがこの部屋にいるの、すっげーヘンだな、と思って。おまえだけ色彩がちがうもん。いつも、パチンコ屋の看板みたいだもんな、おまえ」

「まゆがやめたの」

皐月が口をつぐんだ。

ゆっくり、こちらに近づいてくる。立ち尽くしているわたしの顔を覗きこんで、低い声で、

「大丈夫か」

「ううん」

「座れよ。なんか出す」

格子縞《こうしじま》のカバーが掛けられた黒いソファに、細い腕でわたしを支えるようにして座らせる。冷蔵庫を開けて缶コーラを出してきて、わたしに差しだす。……なんでみんなコーラなんだろ？　悲しいときにはコーラなの？　たまたまあったの？

わたしは受け取って、プルトップを開けようとした。力が入らない。皐月が「なにしてんだよ」と囁《ささや》いて、缶コーラをわたしから受け取り、プシュッと開けて、手に戻してくれた。

皐月はガラス製のテーブルの上に放りだされたショートホープの箱を手にとって、トントンッと叩《たた》いて一本出した。箱を唇に近づけ、直接、一本くわえてから、箱をテーブルに投げ戻す。周囲をキョロキョロしてから、どこからかシルバーのライターをみつけだしてきて、カチッと火を灯《とも》した。

ビックリするぐらい長い、いきおいのいい炎が飛びだしてきたので、わたしは思わずコ

ーラにむせた。

「なによ、そのライター？」

皐月はこちらを見て、ニヤッと笑った。ママにイタズラをみつかった子供のような顔で、

「松田優作のまね」

「…………皐月、ほんとにバカなんじゃないの」

「いまごろ気づいたのかよ」

「いや、知ってたけど」

「おめーもバカだ。ミーコ」

言葉と裏腹に、包み込むような響きがあった。わたしは、もっと皐月に怒られたい、と思った。甘えたように「もっと言って」と言うと、皐月は吹きだした。煙草を一服吸って、紫煙を吐きだしながら、

「バーカ。巨乳。うんこ。世界一バカ。おまえのかーちゃんデベソ」

「皐月、あんたって、悪口のボキャブラリー、すっくないね」

「悪かったな」

「うんこって……言うこと、小学生じゃん」

皐月はブスッとして黙る。

わたしも黙る。

それから、二人して、静かに、クックックッ……と笑いだした。

しばらく笑ってから、皐月はわたしに煙草の箱を差しだした。

「吸うか？」

「まだ十九だから」

「はぁ？」

皐月はあきれたようにつぶやいた。

「真面目だよなぁ。これまで会った中で、いっちばん真面目なやつだよ」

「そ？」

「うーん。でもさ」

皐月は煙草をもみ消した。わたしのほうを不思議そうに見る。

「十五でソープは違法じゃねーの？」

「うん、違法」

「だよな」

「皐月、なんでそれ知ってんの？」

「おまえがいつだったか、酔っぱらってベラベラ喋《しゃべ》ってたんだよ。居酒屋の女子トイレにわたしを閉じこめて、両手首をつかんで後ろ向きにしてさ、耳元でずーっと喋ってたんだよ」

「うそ。覚えてない」

「ベロンベロンだったからな。あ、なんで酒は飲むんだよ。それより、あれは屈辱《くつじょく》だった。

ほぼチカンだぞ？　助けを呼ぶのも恥ずかしいし、三十分くらい、なすがままだった。おまえの一代記、鼓膜が破れるほどの音量で」

「そりゃ悪かったわ」

「……山茶花《さざんか》の話も聞いた。きれいだなって思った」

わたしは皐月を見た。皐月は目をそらしている。

「きれい？」

「花と枝に埋もれて、雪が降ってて、呆然《ぼうぜん》としてるおまえ。きれいなんじゃねーの？　わたしは……そう思った」

わたしは黙りこんだ。

缶コーラの穴を、真っ暗だ……と思いながら覗きこんでいると、皐月が横でうごうごとうごめいた。面倒くさそうに頭をわさわさかきながら、

「ミーコ、なんかあると、わたしんとこくるよな。……話せよ。女なんて、ねー話聞いてーとか言って、人に話しただけで気が楽になるんだろ。べつにアドバイスとかしねーし」

「ん……」

わたしはコクンとうなずいた。

ボソボソと、今日起こったことを話していく。格闘技とはなにか、という話に驚くほど動揺したこと。まゆが出ていったときのこと。胸がうずくようなこの痛み。

皐月はいつのまにか、ソファの上に足を乗せ、両腕で抱えこんで体育座りしていた。膝《ひざ》

に自分の頬をのせて、めずらしく、女の子みたいなポーズでわたしの話を聞いている。

「……わたしはさ」

話し終えたわたしが口を閉じると、皐月はささやくような声で言った。

「大きなさ、悩みがあるんだ。だから格闘技を続けてる。戦ってるときだけ、忘れられるから。そのことを」

「それって……？」

「ミーコには教えられない」

「あ、そ……」

皐月のささやき声は、ハスキーで、でも不安げに揺れていて、男とも女とも、子供とも大人とも、つかなかった。わたしは皐月の呆然としたような静かな横顔を、あんたこそきれいだ、と思いながらみつめていた。

「あのさ、ミーコは……」

皐月がささやいた。

「ん？」

「ミーコは、誰が好きなの？」

「好きって？」

「誰を自分のものにしたいんだよ。そのへんな客か？　まゆか？　おまえの大音量の一代記、聞いたあとも、思ったんだよ。耳鳴りに苦しみながら。その女の先生か？　義理の父親か？　おまえの話聞いても、誰がミーコを求めたか、しかわかんねーよ。ミーコは誰が好きで、そいつとどうなりたかったのか。いまは……その客とどうなりたいんだ？　まゆとは？　おまえ、まゆを取り戻したいのか？」

「……わかんない」

皐月がガバッと起きあがった。わたしの顔に手を伸ばしてきて、その細い指には似合わないほど強い力で、わたしの両頬を押さえこみ、顔と髪を前後にガタガタと揺らした。

「だいたいさ、ミーコは、異性愛者なのか？　同性愛者なのか？　両刀か？　SMなのか？　ノーマルなのか？」

「……ごめんそれも全然わかんない」

「わっかんないはずないだろ。みんなわかってるよ、そこは。悩みってのはその先にあるもんだよ」

「そうなの？」

皐月は色の薄いその唇を開きかけて、なにか言葉を飲みこむように沈黙した。頭をかきながら「ま、そうなんじゃないの……」とつぶやく。

それから、再び早口に戻った。頭をふりながらしゃべり続ける。

「普通、そうだろ。異性愛者だったら、同性愛者に求愛されたりいっしょに逃げようって言われても断るし、ノーマルだったらそもそもSMクラブで働かないんだよ。知ってたか？」

「……あー」

「のんきに、あー、とか言ってんなよ。だいたい、人の望むことにばっかり応《こた》えてるから、自分がどうしたいのかわかんなくなるんだよ。まったく。バカ。ウンコ。巨乳」

「ばかうんこきょにゅう……」

「繰り返すなよー。しっかりしろ」

皐月は苛立《いらだ》ったように、テーブルからまた煙草の箱を持ち上げ、トントン叩《たた》いて一本出した。箱から直接、口にくわえながら、わたしをチラリと見る。

「あのさ、前から思ってたけど。おまえと対戦するの、わたし、いやでさ」

「どうして？」

「おまえ、いっつも計算してるだろ。客がどう見てて、なにやったら喜ぶとかさ。勝とうと思ってないだろ。そんなやつに全力でぶつかって、勝っても、うれしくないもん」

「ふーん……」

「ムリしてるなって思ってた。周りばっか見て。そのへんな客が言うとおりさ、格闘技って、本来、自分を知るためにやるもんなんだよ。なー、ミーコ。おまえのやりたい格闘スタイルってなんだよ」

「またそれ……？」

「好きな格闘家は？」

皐月は身を乗り出してくる。わたしが「うーん……」となると、くわえた煙草に、ライターでボッと火をつけて、うんうんとうなずきながらこちらを見守っている。

ライターのバカでかい炎を見た瞬間に、心の中に、ぽうっと灯がともった。

わたしは一人の格闘家の名前を出した。

ずっと憧《あこが》れて、テレビで彼の試合が放映されるたび、わたしにしてはめずらしくわざわざ録画したりしている。

「……ミルコさん」

「ミルコ・クロコップ？」

皐月は意外そうな顔をした。

「へー。意外と正統派だな」

「あのねぇ、わたしね、立ち技が好きでさ。ほんとはあんま、くんずほぐれつもつれあったりしたくないの」

皐月が顔をしかめる。

「そのわりには、わたしと試合するときは、無理やり寝技に持ちこんで、くんずほぐれつやってるじゃないか」

「それは、お客さんが盛りあがるから。皐月がやりたくないほうに持ち込んで、苦しめたほうがさ」

「けっ」

「だけどほんとは、断然、立ち技が好きでさ。ミルコさんがプライドとか猪木軍とかとの異種格闘技戦で、あくまで立ち技で寝技の選手を倒したりした時期があったじゃない」

「ああ」

「憧れた。わたしも彼みたいに、寝技のエキスパートを、立ち技で……しかもハイキックで倒したい。そして圧倒的に勝利したい」

「やたらハイを連発するのは、好きだったのか。ま、見栄えもいいけど」

皐月は目を細めた。

しばらく黙って煙草を吸い続けている。

「……あったじゃん。やりたいこと」

「あ」

皐月は薄く微笑んで、わたしを横目で見た。

「誰が好きかも、どうしたいかも、ぜんぜんわからない、謎だらけのおまえの人生だけど、やりたい格闘スタイルだけは、ある」

「そっか……」

「よかったなー。格闘技があって」

皐月がのんびりと言った。

わたしはしばらく黙って、飲み終わったコーラの缶を見下ろしていた。

次第に、おかしくなってきた。

格闘技を中心に生きてる人って、変わった考え方をする、と思った。だけどなんかおかしかった。顔を上げると、皐月と目があった。

皐月は黙ってわたしをみつめていた。目が合うと数秒して、皐月は先に、うつむいて、目をそらした。

窓の外で、車の通り過ぎる排気音が響いて、また遠ざかっていった。わたしはふいに、いま、まゆはどこでなにをしているんだろう、と思った。懐かしさと悲しさで、胸をふさがれる思いだった。

わたしはソファの上でゆっくり目を閉じた。もう、考えまい。あのひとのことは。

☆

翌朝。

起きたら台風がきていた。いつのまにか眠ってしまったらしい。皐月の部屋のソファから、わたしはゆっくり身を起こした。

シックなグレーのカーテンが揺れている。ガタガタと音を立て、ベランダの窓が激しく揺れている。風の音がやけに大きい気がして、わたしは髪をかきあげながら窓のほうを見た。途端にビックリして飛びあがった。

窓が開いてる⁉

わたしはあわてて飛び起きて、キョロキョロと皐月を捜した。皐月は部屋の隅にある黒いパイプベッドの上で、胎児のように丸まって眠っていた。

「ちょっと、皐月。窓開いてるよ！」

「むにゃ……開けて、寝たんだ……」

「台風きてるってば！　もー、なんでそういい加減なのよ。信じらんない！　あー、もう、床がびしょびしょ！　ねぇ、ぞうきんどこ？」

「うるさいなー……。適当に、タオル使えよ」

「なんてことというのよ。タオルはタオル。ぞうきんはぞうきん。一回ぞうきんに下ろしたら、それはもう二度とタオルには戻れないのよ。あー、もう。……じゃあこれ使うわよ」

わたしはバスルームから大きなバスタオルを探してきて、台風の雨に濡《ぬ》れる床を拭《ふ》き始めた。拭く前にそのタオルに「わかったわね。いまからあなたはタオルじゃなくて、ぞうきんよ」と言い聞かせる。

ベッドで寝返りを打つ気配がした。顔を上げると、仰向けになった皐月が、片手で顔を隠したままクックックッ……と笑っていた。

「……なによ」

「おまえアホか」

「アホは皐月でしょ。部屋、びしょびしょなのに、気にしないんだもん」

「おめー、かーちゃんみてー」

「あのねー……」

わたしはシルバーの骨組みの本棚に目をやった。ふと気づいて、

「ちょっと、マンガもしけってるわよ。後で陰干ししないと」

「…………マジ⁉」

皐月はガバッと起きあがり、スプリンターのスタートダッシュみたいな動きでこちらに駆けこんできた。本棚に激突すると、きちんと並べてある格闘マンガを手に取って、真剣な表情でチェックする。

「……なんだ。濡れてないじゃん」

「しけってるって言ったの。なによ、床もカーテンもぐしゃぐしゃなのに平気な顔してて、なんでマンガだけダメなのよ」

皐月は答えない。面倒くさそうに鼻を鳴らすと、大股《おおまた》でバスルームに入っていく。ザバザバと顔を洗う水音が聞こえてきた。続いて、シャカシャカシャカ……と歯を磨く音。

彼女はほっといて、部屋を元の状態に戻すことに集中していると、しばらくしてバスルームから皐月の声が聞こえてきた。

「あれー。タオルが、ない。どこいったんだろ」

「あなたのタオルなら、改名したわ」

「は？」

「ぞうきんに」

「……あー。そういうことか」

皐月はどうでもよさそうにダラダラと、バスルームから出てきた。顔からも、アッシュ・ブロンドの髪からも、ポタポタと水滴が垂れている。

一瞬、十代の美形の男の子に見えた。わたしがつい、

「水も滴《したた》るいいオトコ……」

とつぶやくと、皐月はギョッとし、なぜかあわてたようにドスドスと部屋の奥に行ってしまった。しばらくして、頭からべつのタオルを被って、わさわさ拭きながら戻ってくる。

熱心にフローリングを磨《みが》いているわたしを、少し離れた場所で床に胡座《あぐら》をかき、例の松田優作仕様のライターで煙草に火をつけながら、じっとみつめている。

「ねー、かーちゃん」

「なんだい、皐月。かーちゃんいま忙しいんだよ」

「腹減った」

わたしは顔を上げた。

「……わたしも」

「なんか食べに行こーぜ」

皐月は立ちあがった。

皐月と二人、近所のカフェで遅い朝食を取り、その後、皐月はアルバイトしている渋谷の大型レンタルビデオ店へ、わたしは自分の部屋へ帰った。

そのころには台風も通過して、アスファルトの道路はガラスの破片をまいたようにキラキラ輝いていた。日を反射して眩《まぶ》しい。

部屋に帰り着くと、わたしは鞄《かばん》を放りだし、床にペタンと座った。

六畳の和室。手前に四畳半の台所付きの小さなアパート。

まゆも、皐月も、フローリングのワンルームに住んでいるけれど、わたしはこの古くさいアパートが気に入っている。台所には中華鍋《なべ》と、フライパンと、小さなミルクパン。フライ返しやおたま、菜箸《さいばし》などもきちんと揃えている。整列して棚に並べられた食器。奥の部屋には、小さなテーブルとベッドと、押入を改造したクローゼット。いつだったか『ガールズブラッド』の子たちと飲んだ帰り、みんなが転がりこんできたことがあった。みんなこの部屋にビックリしていた。「なんか家庭的……一人なのにちゃんとしてるー」と言われて、わたしは少し恥ずかしかった。

きちんとしてないと気が済まない。そういう性分。

わたしはお風呂《ふろ》場に入り、服を脱ごうとした。それから思い直して部屋に戻り、部屋の真ん中でバサバサと服を脱いだ。

金ラメのビスチェ。革のパンツ。下着も全部取って、足首のアンクレットも外し、全部を部屋の中に散らかすように放り投げる。部屋の真ん中で全裸になると、不思議な解放感があった。

一人暮らしなのに、自分しかいないのに、わたしはこんなふうに自堕落にふるまったことがなかった。なんでもきっちりしていた。お風呂に入るときは、風呂場で服を脱ぐ。出たら、その場で寝間着に着替え、部屋に戻る。ご飯は自炊。洗い物をためたりしない。食事を終えたらすぐ洗い物。洗濯物もためないし、部屋も散らかさない。

わたしは裸のまま、鞄から携帯電話を出した。登録してある昼の職場、ＳＭクラブの番号にかける。

電話番をしている後輩が出た。その子に頼んで、オーナーに代わってもらう。

この道十年のベテランであるオーナーが、電話に出た。二日酔いのようなしゃがれ声だ。

「ミーコですけど」

『ああ、なに？』

「勝手なんですけど、しばらく休みたいと思って」

『……やめるのね』

「………」

『どうして？』

「わたし、ＳでもＭでもないみたいなんで」

電話の向こうでオーナーが黙った。かすかに笑ったような気がした。急に楽しそうな声色になり、

『そんなこたー、知ってるわ。あんただって知ってたでしょ。なんで急に、やめるのよ』

「えと……」

わたしは押し黙った。

「うまく言えないんですけど……」

『なによ』

「あ……いま、裸なんです」

『きゃははは！』

オーナーにバカ受けした。電話の向こうでしばらく笑い続けてから、オーナーはふと声を落として、つぶやいた。

『あぁ、ミーコ』

「はい……」

『ほんと、あんたほど頭でっかちの子はいなかったわねぇ』

「えっ。そうですか？」

意外な言葉に、わたしは思わず訊《き》き返した。オーナーはしゃがれ声で、

『そうよぅ。だってさ、どれだけ教えても、どれだけ客を取らせても、あくまでもSMを理解しないんだもの。おもしろい子よ、あんたは。あぁ、そうか……』

オーナーは長いため息をついた。

『ミーコ、あんたとうとう、わからないままやめていくのね。これが愛だってことを』

言われた意味がわからなくて、わたしは戸惑いながら立ち尽くしていた。オーナーは一転して明るい声で、『で、SでもMでもなくて、なんなのよ、ミーコ』と言った。

『元ソープ嬢で、元女王様で、今日からプー太郎の、山ノ辺美子《やまのべみこ》さん。教えてちょうだいよ。あんたは何者なの？』

「自分でもよくわかんないんですけど、あの、ただ……」

わたしは言いよどんだ。

それから、答えになっていない気はしながらも、言った。

「ただ……多分、山ノ辺美子は、格闘技が好きなんです」

『…………………………ふーん？』

オーナーは不思議そうに相づちを打ってから、昨日までのアルバイト代の精算と、さよならパーティをやってくれると言った。

わたしがお礼を言って、電話を切ろうとしたとき、オーナーがまた笑いだした。戸惑っていると、彼女はなぜか爆笑しながら、

『ミーコちゃん。頭でっかちの、なんにも知らないミーコちゃん。いつかあんた、やりなさいよ』

「はぁ……？」

『いつか、愛あるSMをね。妥協《だきょう》して、愛あるセックスでも許すわ。ま、それだっていいもんよ。ああ、あんたのその体に、いつかあんたの彷徨《さまよ》う魂が追いつくといいんだけどねぇ』

笑いの発作が収まると、オーナーは一転して、温かく包みこむ唇のような、ねっとりし

た声で『じゃあね、ミーコ……』とささやき、自分から電話を切った。

わたしはしばらく、携帯を持ったまま、裸でただ立ち尽くしていた。

☆

夕方、体育館内にある道場に入ると、いつもの面々が柔術着でくんずほぐれつ、やっていた。わたしは挨拶《あいさつ》して更衣室に向かいながら、まゆのことを思いだした。まゆは初めてここにきたとき、彼らの姿を見て同性愛者の集まりと勘違いしたのだ。怯《おび》えているまゆの様子がおかしくて、わたしはわざとしばらく本当のことを教えなかった。まゆはからかっても、いじめても、愛《め》でても、飽きることのない楽しい子だった。

でも、今日ここにきても、もうまゆはいない。

あのSMクラブに行っても、わたしはいない。

日々は矢のように過ぎ、ものごとは変化していく。こわいほどに。

着替えて道場に出ていくと、師範代がこちらに気づいて、近づいてきた。いつも通りの落ちついた態度だった。

少しだけ心配そうに、

「大丈夫か」

「ん……」

わたしはストレッチしながら、ボソッと言った。

「バイト、やめてきた」

「……どっちの？」

「こっちの」

わたしは鞭《むち》で打つ手振りをした。

師範代の顔色が変わった。呆気《あっけ》にとられたようにわたしをみつめて、小声で、

「やめた？　まさか」

「まさかじゃないわ。ほんと」

「なっ……だって、では、どうするんだ」

「どうするんだって、なにが？」

「わたしとあなたで造っていた、あの世界は」

「そんなもの、ないわ。もともとないのよ」

師範代はなぜか、確信に満ちた声で言いきった。

「ある」

「……あったとしても、じゃあ、二人で、これからも造っていけばいいじゃない」

「あの場所でしか成立しない」

わたしは顔を上げた。

師範代のいかつい、岩のような顔を見上げる。

その顔には切実ななにかが漂っていたけれど、でも、そこにわたしはいないような気がした。それをいうなら、もともとわたしはどこにもいないのだった。こわくなった。それから、悲しみのような感情がゆっくりと、蛇口をひねったように胸の中に満ちてきた。いっぱいになり、耐えきれなくなり、わたしはそれを口から吐きだすように言った。

「そんなの、ほかの女王様を雇って、続ければいいじゃない。キャストを変えてもなにも変わらないわ。水戸黄門だって、食いしん坊万才だって、内田康夫ミステリーだって、そうだもの。それはあなた一人の物語なのよ」

「ちがう！」

　師範代はなぜか強く否定した。珍しく大きな声になったので、道場中の人がこちらをチラチラ見始めた。途中から入ってきた武史が、向かい合っているわたしたちに気づくとギョッと飛びあがった。

　師範代はわたしの手首をつかんで引き寄せた。思わず怯えたように顔を背けると、師範代は遠慮がちに、低い声で言った。

「あなたじゃないと無意味だ」

「どうして？」

「あなたはわかっていないんだ」

「わかってるわ」

「あれが愛し方なんだ。わたしの」

「……やっぱりわかんない」

早口で答えて、彼の手を振り離した。

一瞬、わかってしまうような気がした。つぎの瞬間、わかってたまるかと心を閉ざした。

そんなふうに、あなたが必要だ、なんて言われたら、また期待に応《こた》えたくなる。演じ続けたくなる。そんな自分を激しく憎んでしまう。

耳を塞《ふさ》ぎたい。

なにも聞きたくない。

わたしは彼の前から離れて、歩きだした。目を伏せたりキョロキョロしたり、不審な態度をとっている武史の前に行き、ニッコリする。

「な、なに?」

「武史、相手して」

「いや俺痛いのとかその……」

「バカ、その相手じゃないっての。あのさ、わたしミルコさんやるから、武史、桜庭《さくらば》やって」

武史の顔が輝く。

その場で学校の革鞄を置いて、制服を脱ぎ始めながら、早口で言う。

「やっぱりー。ミーコさん、ミルコファンだと思ってたんだよ。だってハイキックにこだわるしさ、構えもこう、似てるしさ。組み技になるとあんまりノッてないし。よし、やろうぜ。あれ、俺の柔術着どこだっけ」

更衣室に走っていき、急いで着替えて戻ってくる。

早口であーしろこーしろと言いながら、ふと気づいて口を閉じる。

「なによ」

「あ、ねぇ。もしマウント取ったらさ」

「うん」

「恥ずかし固めかけていい？」

わたしは吹きだした。

「取れたらね」

「うわ、すごい自信。どっからくんの、それ？　よし、行こうぜ。五分一本勝負。判定勝ちはなし」

「終わってから俺の勝ちだとか言い張るのもなしね」

「もちろん。シウバじゃあるまいし。よし、行くぜ！」

ふいに楽しくなってきた。タイマーを五分にセットすると、武史と向き合い、構えた。

心がふっと広くなり、新鮮な風が吹きこんでくる感じがした。

楽しい。

わくわくする。

わたしは格闘技が好きなんだな、と思った。そして、没頭したかった。いまはほかのことは考えたくなかった。遠くから、男の貫くような視線を感じた。見ないで。求めないで。出ていって。

武史がマウントを取ろうとわたしの下半身に飛びかかってきた。膝《ひざ》を合わせようとして、そのまま二人で後ろに倒れこむ。武史も笑っている。わたしも楽しくなってきた。マウントが外れて、また向かい合う。

楽しい。

……助けて。

人生を取り戻させて。

——わたしは次第に、勝負に没頭し始めた。

☆

いつものあの教室に向かう廊下をゆっくり歩いていく。右に、左に、ぶらぶらと体を揺らしながら。

午後六時二十分。いつもより少しだけ早い時間だ。わたしはドアの前までくると、「おはよーございまーす……」とつぶやきながらドアを開けた。

まだ女の子たちの姿は少なかった。隅の机で雑誌をめくっている子と、手鏡を覗《のぞ》きこんでメイクを直している子がいた。雑誌から顔を上げた子が、わたしに「……食べる？」とプリッツの箱を差しだしてきた。

一本もらって、かじりながらとなりに座る。女の子たちが無関心を装いながら、なにかにピリピリしているのに気づいた。そっと店の中を見回す。

奥の机に社長が座っていた。相変わらずサングラスをかけたままで、履歴書らしい白い紙を手に考えこんでいる。社長の前には若い女が一人、座り慣れない机にとまどうように、ポツンと座っていた。

色白で柳腰《やなぎごし》の、日本的な雰囲気の女だった。わたしが観察していると、視線に気づいて彼女が顔を上げた。

切れ長の、驚くほど大きな瞳《ひとみ》。瞳孔《どうこう》の黒さがわたしを飲みこむように迫ってきた。美しい女だった。

目があったつぎの瞬間、彼女はキッとこちらを睨《にら》みすえた。ガンつけている。わたしはその場に座り直し、彼女が耐えきれず目をそらすまでみつめ続けた。

彼女が目を伏せると、長い睫毛《まつげ》が瞳を覆うようにバサリと動いた。

ずいぶん美しい女だ、とわたしはもう一度思った。

社長の脳天気な声が聞こえてきた。

「ん、採用」

「えっ……採用、ですか？」

彼女があわてたように訊《き》き返す。

「あの、まだなにもしてませんけど。技とか、その……」

「スマックガール出てたんでしょ。いいよ、合格。それでさっそくだけど衣装とキャラはね、そうさなぁ、どうしよう……」

雑誌をめくっていた子が、ピクリと肩を震わせた。

わたしとその子の目があった。小声で「スマックガールだってさ」とつぶやいたので、わたしは返事代わりに肩をすくめてみせた。

スマックガールとは、プロレスのようにリングを借り、興行的に行われている〝女の子《キャット》の格闘《ファイト》〟の一種だ。このショーよりは本格的、本物の選手が集う総合の大会などよりは素人臭い、とでも言おうか。彼女の全身から醸《かも》しだされる鼻持ちならないプライドは、きっとそこからきているのだろう。

社長が指をパッチンと鳴らした。

「衣装はチャイナがいいな。君、黒髪がきれいだし」

「……へっ?」

「あと、キャラはね、しゃべるとき『なんとかアルよ』って言ってね。上海娘だから。名前どうしよ、リリーちゃんとかどうかな。適当すぎる? ま、いっか。適当に生きてないと早死にするもんなー。よし決定。じゃさっそく今夜の対戦カードに、えー、第一試合……」

「あ、あの、話がよく……わからないんですが」

「ちがうでしょ、リリーちゃん」

呆然《ぼうぜん》としている彼女に、社長は「チッチッチ」と人差し指を振ってみせた。彼女は寄り目がちになり、顔の前で振られるその指をみつめている。

社長は言った。

「わからないアルよ。でしょ、リリーちゃん」

「……………………………ええ〜⁉」

わたしたちはたまらず吹きだした。

ショーの面接にやってくる女の子は、たいがい最初に、社長のキャラクター設定という洗礼を受けるのだ。目を白黒させている彼女が、昔の自分の姿に重なる。

彼女がムッとした顔で、教室のあちこちでケタケタ笑っている女の子たちを睨みつけたとき、ガラガラッとドアが開いた。

ワークブーツにくすんだカーゴパンツ、小脇にヘルメットを抱えた姿で、皐月が駆けこんできた。パンツもブーツも水滴に濡《ぬ》れている。不機嫌そうに、

「まーた、雨だよ。あれ、窓閉めてきたっけ。……まいっか」

つぶやきながら顔を上げる。

足を止めた。

皐月は、新しく入ってきた女と目を合わせ、固まっている。女のほうも皐月をみつめている。

皐月の顔に徐々に憤怒《ふんぬ》のような表情が浮かぶ。ふいに不機嫌そうに顔をゆがめ、教室の奥に入っていくと鞄《かばん》をドカッと置いた。

わたしは不思議に思って、皐月の背中と、女を、交互に見た。女のほうは、小粒の苺《いちご》みたいな小さくて赤い唇を半開きにして、皐月の後ろ姿をじいっとみつめている。

誰かが女に「え、知り合い?」と聞いた。女は答えなかった。質問した子が「げー。なに、感じわる」とブツブツ言いながら女の座る机を軽く蹴飛《けと》ばした。

女は、平気な顔をしていた。

「第一試合〜、ミーコ女王様!」

アナウンスが流れると、中庭に拍手がこだました。

わたしは真っ暗な檻《おり》の中に立ち尽くし、ライトがつくのを待っていた。白いライトがわたしの体を照らしだすと、拍手が大きくなり、何人かの客が大声でわたしの名前を呼んだ。続いて、対戦相手の名前が呼ばれる。今夜、入店したばかりの例のリリーちゃんだ。鮮やかな朱色のチャイナドレスに、黒い靴を履いている。スリットがギリギリのところまで入っていて、白くすんなりした足が歩くたびにちらりと覗いた。輝く黒髪は、無造作に後ろで結んでいる。

わたしはふと、檻の外に目をこらした。

暗い中庭に、たくさんのお客さんの顔があった。いちばん手前のベンチに、怖々とやってきたらしい女のお客さんが座っていて、その人に指名されたらしい皐月が、苦虫をかみつぶしたような顔で足を組んでいた。白ラン姿に、くわえ煙草。リーゼント風にしたアッシュ・ブロンドの髪。手首にしっかりとかけられた手錠が、逆に皐月を自由に、そしてなぜか、とても孤独そうに見せていた。

女のお客さんはうっとりと皐月を見上げている。皐月はお客さんを無視して、こっちばっかりみつめていた。

皐月は好きなように生きている。

おまえもさー、好きにやれよー、って顔をしてる。

目が合うと、皐月は口パクでなにかをささやいた。わたしが、なに？　と目で訊き返すと、皐月はもう一度、ゆっくりと口を動かした。

……ミ、ル、コ、さん！

それからニヤッと笑う。わたしはあきれて、はいはい、とうなずいてみせた。

白いライトが回り始め、わたしは目がくらみ、客の顔もなにも見えなくなってしまう。社長が煽《あお》り文句のアナウンスをがなり立てている。目の前に立つ赤い女……チャイナドレスを着た美しい女の姿が、次第に見えてくる。彼女も顔を歪《ゆが》めている。初めてのライトと、アナウンスと、外からの歓声に、戸惑い、怒りを感じているように見える。

目が合う。

戸惑いと怒りの海から、彼女がわたしをみつけ、浮き輪をみつけて飛びつくように、わたしの存在を心のよりどころにし始めるのがわかる。彼女にとって、ここは異界。わけのわからない場所。そこで、わたしとだけ心が通じたように感じているのがわかる。

檻の中に、女が二人。互いの存在だけを感じてみつめあっている。

やがて、彼女の心にボッと炎が生まれるのがわかる。

——激しい炎だ。

わたしを信頼して、わたしと二人きりでいることを喜んでいる。

そして、わたしに勝ちたいと感じ始めている。

彼女の切れ長の瞳がらんらんと輝き始める。戦闘態勢に入ると、彼女はますます美しくなる。

彼女が左足を一歩踏みだし、両腕をゆっくり、顔の前まで上げる。

腰はあまり沈めず、膝《ひざ》にクッションをおくようにゆったりと構える。

……キックの人間だな、とわたしは悟る。

わたしは右足を一歩踏みだし、サウスポーの構えを取る。彼女の顔に、瞬間、動揺が走る。これは初めての対戦で、お互いに相手のことをまったく知らない。彼女は、わたしが左利きなのだろうかと迷い始めている。最初に教室で会ったとき、どちらの手でプリッツを食べていたか。どちらの手でものを持ちあげたり、ドアを開けたりしていたか。必死で考えている。

弱い女だ、とわたしは悟る。戦術よりなにより、そこに意識が集中している。プライドは高いが、気持ちはタフじゃない。

つけこめる。
勝てる。
それにしても……。
好きなように………。
好きなように生きるって、どういうことなんだろ？
オーナーの声がふいに蘇《よみがえ》る。

（わからないままやめていくのね。これが愛だってことを）

愛ってなんだろ？　わたしにはどうしたらいいかわからない。こんな生き方をしてきて、わたしは、その言葉の、その概念の前に、ただ立ちすくむしかない。

（あれが愛し方なんだ。わたしの）

（ミーコは、誰が好きなの？）

（きれいだなって思った。花と枝に埋もれて、雪が降ってて、呆然としてるおまえ）

（いつかあんたの彷徨《さまよ》う魂が……）

（……あなたが必要だ）

——ゴングが鳴った。

わたしはサウスポーのまま彼女に近づき、前足になっている右足でローを一発、蹴った。彼女が驚いたようにビクリとする。利き足ではないほうで、これだけの威力を出せるのか、と動揺しているのがわかる。わたしは自分を自分以上に見せることに成功する。一気に動き、突きからローへつなげるコンビネーションを繰りだす。

彼女が立ち直り、攻撃を始める。

かなりの反射神経と格闘慣れを感じる。無駄な間が一切なく、こちらがなにか出すより先に、彼女の攻撃が入る。ほっそりと柳腰に見えるそのスタイルとは裏腹に、一発一発に威力があり、スピードもある。

彼女のほうが上だ。

ああ、気持ちいい……！

わたしは上手な人間と戦うとき特有の快感を感じ始める。相手の技の美しさとスピードにむりやり引きあげられるように、自分も速く、正確に技を繰りだせるようになる。神の領域に引きあげられる。尊敬と畏怖《いふ》と欲望を感じる。いまこの時だけの刹那《せつな》の関係がもたらす快感は格別だ。どこかで崩れてしまいそうな危うい加速が始まる。わたしはついていこうとする。攻防が速くなり、重さも増すが、痛みがべつの世界の出来事のように遠く感じられ、すべてが平気になる。喜びと輝き以外なにも感じられなくなる。

彼女とみつめあい続けている。互いに相手の目から視線をそらさない。始めてみればこんなにも噛み合うことに、彼女もわたしも驚いている。なにも聞こえない。客席からの声も、アナウンスも、なにも。

このまま永遠に続けばいい。互いにそう思うほど信じあった、つぎの瞬間……。

わたしは裏切った。

シンクロし始めた互いの技の隙間を縫うように、わたしはふいに、上体を右に倒して彼女の顔面パンチを避《よ》け、そのまま左足で彼女のガードをくぐりぬけ、その美しい、白いこめかみを思い切り蹴り抜いた。

彼女の体がガクンと崩れ落ちた。

マリオネットの糸を切ったみたいだった。普段の、派手にフェンスに吹き飛ばすけれど、ダメージはさほど与えない、見せるための蹴りとはちがった。中庭がふいにしんと静まり返る。誰も、なにが起こったかわからないのだ。

わたしは立ち尽くしていた。

蹴り抜いたハイキック。初めてだった。

呆然《ぼうぜん》と立ち尽くしていて、しだいに全身に、興奮と、チカチカした奇妙な感覚が回り始めた。

ライトが消えた。ウェイターたちが倒れたリリーを介抱するため、檻《おり》に入ってくる。

わたしはよろよろと八角形を出た。

鉄扉を抜けた瞬間、わたしは、わたしの物語がある薄暗い密閉された空間から外に出たように感じた。

そのままよろよろ歩いて、客のひしめく中庭を抜け、おかしな衣装のままでロータリーの外に向かった。正門を抜けたところで、立ち止まる。

正門の鉄格子をよじ登り、街路樹の枝に足をかけて、登った。はるか上からこの街を見下ろしてみる。なにも見えない。暗い舗装道路には誰もいない。遠くから車のクラクションが聞こえる。わたしは目を細めた。

脳裏を赤ピンクの花が通り過ぎていった。

わたしは家を出た。あの夜を出た。戦うって楽しい。ここはどこだろう？　天国でもなければ地獄でもない。ただ、別の場所なのは確かだ。

胸がきしきしと痛む。

やがてその胸の奥からなにかがせりあがってきて、ふいにはじけた。爆発した。わたしは大声で吠《ほ》えた。うおぉぉぉぉ——！　獣のようなその咆哮《ほうこう》は夜空に、するどく、そしてなぜか哀しげに響いた。

枝の上に腰掛けたまま足をブラブラさせ、呆然と夜空を見上げる。

なにが起こったんだろう？

どうなるんだろう？

「…………あ」

つぶやくと、中庭から追いかけてきたらしい皐月が、手錠をがちゃがちゃ言わせながら、正門をよじ登り、わたしのとなりに座った。枝がきしんで、わたしの体がぐらぐら揺れる。

「おい、なにしてんだよ？　吠えるなよ。いや、なんかわかるけど」

「見て、皐月」

「なにを？」

「…………星」

通りをタラタラ歩いてきたほろ酔いの若い男が、ふとわたしたちのほうを見上げて、ギョッとしたように立ち止まった。木の上に登っている、女王様の恰好《かっこう》をした女と、銀髪に白ラン姿の、たぶん女。一瞬目を見開いてから、黙って通り過ぎていく。

となりで皐月が、夜空を見上げた。片頬で笑い、

「……ほんとだ。星だ」

「生きてるって楽しいね」

わたしがつぶやくと、皐月がブッと吹きだして、「おめー大丈夫か」と言った。

File. 3

おかえりなさい、皐月

空手少女、皐月

19歳。インターハイベスト4のスポーツ少女。

趣味、バイクと古着屋巡り。

指名料2500円

さっちゃん、元気にしていますか
いまあなたは、どんな顔をしていますか

天王寺《てんのうじ》皐月さま

さっちゃん、お母さんです。

どうしていますか？

元気にしていますか？

ご飯をちゃんと食べていますか？

お金はありますか？

いま、どんな服を着て、どんなものを読んだり聴いたりして、どんなことを考えて日々を過ごしているのでしょうか？

いまはどんな顔をしていますか？


お父さんも、お母さんも、疲れました。あなたのことを考えたり、あなたを待つことに。

グチばかりになってしまってごめんね。


そうそう、先日、高校の先生が訪ねてきましたよ。

担任の若い先生ではなくて、空手部の顧問だった、あのおじさんのほうの先生です。さっちゃんのことを訊《き》かれました。わからないのだと言うと、資料を置いて帰られました。

スポーツ推薦の資料をね。

二年遅れの進学にはなりますが、いまからでも、大学進学を望むのなら受け入れ先はあるのだそうです。さっちゃんのことは、インターハイのとき話題になりましたからね。まだみんな、あなたのことを覚えているのです。

それから……。

先生が気にしていました。あなたがまだ空手を続けているかということを。それればかり言っていました。正直、お母さんにはよくわかりません。それはたいした問題なのでしょうか？

先生は、あなたがどこでなにをしていてもよいと言っていました。(他人ってそんなふうに言えるのですね。お母さんは苦笑いしてしまいました)

ただ、どんな形であれ、天王寺には空手だけは続けていてほしい、と……。

病めるときも、健やかなるときも、空手だけはあなたとともにあるはずだから、と……。

あなたはそれだけの鍛錬をしてきたし、結局はそれだけが、嵐の中であなたを支えるだろう、と……。

先生が、言いたいことを言って帰られた後にね。お父さんが晩酌のたった一合で、珍しく酔ってしまいました。それで寂しい寂しいと言うんです。

あなたを誰よりも愛している親にできないことが、概念のかたまりである……そしてそれ以上でも以下でもない……空手などというものに、できると思われていることが、お父さんには耐え難かったようでした。

お母さんもね、寂しいです。

それに、怒ってもいます。さっちゃん、あなたなにを考えているの？

また返事はないのでしょうね……。

家族はみんな、あなたを失いたくないと思っています。それだけはどうか忘れないでくださいね。切ったつもりでも、逃げたつもりでも、血の繋《つな》がりだけからは、人間は、けして逃れられませんよ。

なんて、脅かしてしまいました。

さっちゃん、元気でね。

……返事はまた、ないのでしょうね。

お母さんより

わたしは自分の部屋にいた。

モノトーンで統一されたガランとした部屋。

シルバーの骨組みの大きな棚には、大好きな『軍鶏《シャモ》』全巻と、『地獄の黙示録《もくしろく》』や『ブラックホーク・ダウン』のDVD、モッズと頭脳警察のCDに、マイルス・デイビスの中古レコードが並んでいる。それだけ。あとはベッドとソファがあるだけで、床の上にバイクのヘルメットがゴロンと転がってる。

ぜったいに必要なものしか置かれていない部屋。

わたしだけの根城。

誰にも入ってきてほしくない、バイクの上を除けば唯一、わたし自身でいることを許される空間だ。

控えめなボリュームでかけられた音楽。聴き慣れたフレーズが耳をくすぐるように低音で流れこんでくる。

おれは　ポツンと部屋にいる
いらだちが鼻歌を　さそう
みんなどこかへ　消えちまえばいい
それともこのおれが　いけばいいのか

——旋律の向こう側で、女の体がうごめいた。

「ねぇ……」

甘ったるいささやき声がする。

「聞いてるの、皐月？　わたしの話」

「………ちゃんと聞いてるよ」

女が吐息《といき》をついた。闖入者《ちんにゅうしゃ》のくせに我が物顔でソファを占領し、この世の不幸をすべて背負ったような顔をしている。

闖入者……驚くほど大きな胸を左右に揺らしながら強引に押し入ってきたその女は、わたしの黒いソファに背を預けて、まるで人形がゴミ捨て場に捨てられてそのまま夜になり、雨に降られたような凄惨《せいさん》で儚《はかな》げな様子で座っていた。

ガラス玉のような瞳《ひとみ》で、こちらをみつめている。

（ねぇ、こっちにきて）

（わたしを抱きしめて）

(おれがいるよって、言って。お願い、寂しいのよ……)

……そんな目だ。

わたしは目をそらした。ミーコがけだるげにソファの上で寝返りを打つ気配がした。

「大きな悩みってなに？　戦ってるときだけどうこうって、さっき言ってたじゃない？」

わたしが「ミーコには教えらんない」とそっぽを向くと、少し傷ついたような気配がした。それとは裏腹に「あ、そ……」とつまらなそうに答え、ソファの上で身じろぎした。

ミーコが動くと、夜の闇に濃密な女の匂いが立ちこめた。わたしは眉《まゆ》をひそめた。吸っていたショートホープを口に近づけ、スパスパ、スパスパ……と何度も煙を吸いこむ。

——今夜この女は、失恋のような、そうではないようなとある事件にショックを受け、わたしの部屋を訪ねてきたのだった。女だけのショー『ガールズブラッド』なんてものをやっていると、まぁいろいろある。いろんなところから血が流れる。ミーコもわたしも、血だらけで戦い続ける小さなビーストなんだ。つまりは。

……はー、めんどくさいなー。

わたしは風呂《ふろ》から出てきたら読もうと買ってきた『蜘蛛《くも》女のキス』をあきらめ、鞄《かばん》から出して棚の上に放った。ため息を一つ。長くなるであろう女の話を聞かなきゃいけないと思うと憂鬱《ゆううつ》になる。

これはわたしの持論なのだけれど、じつは女はみんな本当にバカである。あまりにもバカすぎる。X遺伝子はバカの遺伝子だ。たいがいの場合、女が悲しげな色っぽい顔をして、じつは折り入って相談したいの、なんて言ってきても、本気で聞いてやったりしてはいけないんだ。あいつらは、ただ話したいだけなんだ。一方的に。聞いてほしいだけなんだ。垂れ流す言葉を。軽くて薄っぺらでコンビニエンスなその言葉を。へたにこちらが真剣に聞いて、へたに意見なんて言ってしまい、それが女の気に入らない方向性だったりすると……途端にむくれてしまう。

意味がわからない。そもそも女って人間なのか？

……と思いつつも、この夜わたしは、しょぼくれて巨乳もいつもより垂れて見えるミーコに、あれこれと意見を言った。彼女との友情からだ。女とはいえ、ミーコは同じ場所で血を流す仲間だからな……。

無力で悲しげな様子のミーコは、ぼんやりした顔でわたしの話を聞いていた。それから、少し楽になったような顔をして、言った。

「もー寝るね」

……わたしの意見に対する答えはないのか？　キャッチボールにならないじゃないか。ディスカッションって形で会話ができないのか？　X遺伝子の放つ強烈な破壊力に、わたしは頭を抱えた。

……わたしも寝るしかない。

ソファの上で丸くなったミーコに、タオルケットをかけてやる。「皐月、ありがと……おやすみ」とささやいたミーコの顔は、さっきよりも穏やかな表情を浮かべていた。それでも役には立ったらしいな……。わたしは黙って部屋のライトを消した。

……わたしってやつは、結局こうだ。

女がバカだってわかってるくせに、結局、女に甘い。つい甘くなる。そんな自分に嫌気が差す。そういう葛藤《かっとう》の果てに、いきおい、女に冷たいやつになってしまう。そうやっていつもじたばたしてる。

あー、もう……。

眠れない。ミーコのアホ。騒ぐだけ騒いで、自分だけ寝るな。あっ、もう寝息が聞こえる……。


わたしは眠れなかった。

胸が痛んだ。

わたしが大の字に寝ているパイプ製のシングルベッドと、ミーコの眠るソファまでは、直線距離で二メートルぐらいしかなかった。

でも、わたしにとってその二メートルのフローリングは、海で、嵐で、魔のバミューダトライアングルなのだ。とても歩いて渡れるような場所じゃなかった。

わたしはベッドの上に起きあがって膝《ひざ》を抱え、体育座りした。そして暗闇の中のその大海原を見た。

両手で頭を抱える。短く刈りこんだ自分の髪が手のひらをちくちくと刺した。

海の向こうのべつの大陸で、ミーコが「う―ん……」と寝返りを打った。その途端、部屋の中に、南国の果物みたいな濃密な甘い匂いが充満した。風に乗るようにわたしの鼻孔をくすぐる。

女がいる。

すぐ近くに、女が寝ている。

…………まいった。

ソファから、つづいて、ミーコがしゃくりあげるような声が聞こえてきた。「うっ……

……っく」闇に目を凝らすと、女にしては肩幅の広いミーコの上半身が、ふるふるふるっと震えているのが見えた。

海がゆらめいた。そして消えた。

わたしはベッドから降り、大股《おおまた》でソファに近づいていった。ティッシュの箱から一枚取って、ミーコを見下ろす。頰を流れる涙を拭《ふ》く。

ミーコはしゃくりあげながらも、眠っている。

「泣きながら寝てるのか……。親に叱られたガキみたいだな」

タオルケットの端を握りしめて、ミーコは肩を揺らしていた。小声で「おーい、バカ女」と言いながら、すすっている鼻に、新しいティッシュをあててやる。

ミーコが、ち―ん、と洟《はな》をかんだ。わたしは苦笑した。

「ガキ」

ティッシュを捨てながらつぶやいたとき、部屋の隅で電子音のメロディが響きだした。

わたしの携帯だ。

——お願いだ　Baby♪

さっきもかけていたお気に入りのバラッド。

わたしは携帯電話を手にとって、液晶画面を見た。武史からだ。

「なにか用？　くそエロ高校生」

電話を取って、いきなりそう言うと、武史がめげる気配がした。続いて、声変わりしたもののまだ安定していないような、少年期独特のささやき声。

『ひっでー。…………あ、皐月さん、バイクでコケたって？　平気？』

「平気だよ、バカ」

『走ってるタクシー蹴飛《けと》ばして吹っ飛ばされたってマジ？　それとも伝説？』

「マジだよ、バカ。……なんの用？」

『あ、えっとさ…………んーと…………』

武史はしばらく電話の向こうでうなっていた。

それから小声で『あのさ、もしかして、そっちに……』と聞いてくる。

『ミーコさんきてる？』

「……きてるよ。代わる？」

『ああっ！　いい、いい！　いるならいい！　代わらなくていい！』

武史はなぜかあわてて拒否した。ミーコになついてるくせに、へんな態度だ……。

このエロガキはおかしな子で、ミーコには甘え、まゆには兄貴風を吹かし、わたしのことは怖がりながらもちょっかいかけてくる。無意識のうちに女たちを用途別に使い分けてるというか。そういうところはガキでも立派に男だなぁ、って思う。どうでもいいけど。

武史は電話の向こうで、あーとか、うーとか、うなっている。わたしは「なんだよ。まだなにかあんの」と言った。

『あ、いや、あのさ……皐月さん、あのさ……うー………』

「なんだよ。へんな声出して。これってエロ電？」

『ちっがうよっ。あのさー、けして深い意味とかないんだけどさー、なんつーか』

「早く言え。切るよ」

エロガキは急に言った。

『…………えすえむってどう思う？』

わたしは沈黙した。

ソファからもぞもぞとミーコが起きあがる気配がした。わたしはそちらを振り返りながら、電話に向かって「……へ？」と聞き返した。

「どう思うって、べつになんとも思わないけど？　そういう趣味ないし……なんだよ、武史。おまえ興味あるのか」

『ねっ！　ねねねねね、ね――――よっ！』

耳にキーンときた。

武史の声は悲愴《ひそう》感とエロ感に満ちていた。わたしはこのエロガキが、なにかしらの思春期的危機に陥っているのを感じた。しかしなにがどうなってなんの危機なのか、さっぱりわからない。

「うるっさいなー。武史、なんだか知らないけど、正直に言えってば」

『ななな、なに言って、ちっげーよっ、皐月さんのアホ――――！　察してよぅぅ！』

「女みたいな声出すな。だいたいなんなんだよ。こんな夜中に」

『うぅ…………』

「あのなー。まず、具体的に言えって。なんなんだよ？　同級生とかとちがって、大人ってのは、寛大だぞ。なに言ったって大丈夫だよ。ヘンタイ扱いしたりしないから。ウケるだけで。おーい、いま言わないと、誰にも言えないまま、大人になっちゃうぞー」

ふっ、と……。

昨夜届いた、母親からの手紙が脳裏をよぎった。

〝さっちゃん、あなたなにを考えているの？〟

――頭を振って、むりやり追いだそうとする。

武史は電話の向こうでうなり続けていた。ソファから起きあがったミーコが、長い髪をかきあげながら、怪訝《けげん》そうにこちらをみつめている。

『ちがうんだよー。でも…………言えねーよ、俺。勝手に…………。俺ソンケーしてるし……あーでも眠れねー！』

電話の向こうで、床を転げ回っているようなドスンバタンという音が聞こえてきた。わたしは顔をしかめた。どうしたんだろう、このエロガキは？

武史はひとしきり苦悶《くもん》してから、『ま、いーや。皐月さん……おやすミルコ』とつぶやき、唐突に電話を切った。

なんなんだ、みんな？　今夜は満月？

……みんなおかしい。

妙な顔つきをしたまま電話をおいたわたしに、ミーコが眠そうに「どしたの」と聞いた。わたしは大股でベッドに戻りながら、

「武史から。なんか騒いでた」

「……武史が？　なんで？」

「さぁ。思春期の曲がり角みたいだったけど」

「は？」

「えすえむに興味持ったらしい。意外だなぁ」

ソファのほうから、一瞬置いて、ぶはーっと吹きだした声が聞こえてきた。ミーコが寝返りを打ちながら大爆笑している。寝ころんでいてもこんもりと盛りあがる大きな胸が、

笑いにあわせて大きく上下に揺れていた。

わたしは目をそらした。ベッドにバタンと寝転がり、ミーコに背を向けて丸くなった。

「おやすみ……」

わたしが目をつぶっても、ミーコはまだ笑い続けている。

ふと、笑い声がやんだ。ささやき声で、

「さっきの着メロ、なぁに？　聞いたことない」

「……昔の歌だよ。『バラッドをお前に』。さっきかけてた」

「どんなの？」

わたしは低い声で口ずさんでみせた。

ミーコは顔を上げた。闇の中で長い髪をかきあげながら、

「さみしい歌ねぇ」

「そう？」

「ん……。ねぇ、皐月。あなたはどこにもいっちゃだめよ」

わたしも顔を上げた。

「ここにいてね……わたしのこと、おいていかないで……」

「なんだよそれ」

ミーコはうつぶせになったまま、答えない。時計のチクタクと時を刻む音が、やけに響き始める。

やがてミーコが、聞き取れないぐらいの声でささやいた。

「おやすみ、皐月……」

気がたかぶって、眠れない。やっぱり今夜は満月にちがいない……。

☆

翌朝。

明け方頃から、わたしは夢を見ていた。体の芯《しん》だけは目覚め続けているような浅すぎる眠りの中で、マルホランド・ドライブみたいな不条理でゆるやかな夢に漂っていた。

誰かがドアの前に立っていて、わたしになにか言おうとしている。だけどわたしはその言葉を聞く前に、きびすを返して、霧の中に逃げていこうとする。霧の中に血が紛れこんで、ところどころが赤い。ガールズブラッド……女の子の血……。

誰かが叫んでいる。

わたしの名前を呼んでる。

やけにセクシーな声で……。

皐月！

ま、ま、ど……。

窓、開いてるよ！

――目を覚ますと、ミーコがギャーギャー怒鳴っていた。

「台風きてるってば！　もー、信じらんない！　ぞうきんどこ⁉」

……うるさい女だ。

昨夜の獣じみた存在感が嘘のように、朝には肝っ玉母ちゃんと化している。女ってやつは、まったく……。

聞こえてないふりか、寝ぼけてるふりで回避することにして、わたしはあくびしながらバスルームに避難した。わざとゆっくり、顔を洗ったり歯を磨いたりする。

ようやく落ちついたミーコと、小雨になった朝の天気雨の中、外に出た。わたしは白いシャツにカーゴパンツ。ミーコは昨夜と同じ、金ラメのビスチェにピンヒールだ。

駅の近くにあるいきつけのカフェに入って、コーヒーとサンドイッチの食事を頼んだ。オープンカフェの丸テーブルに陣取って、二人でけだるく座る。

コーヒーとサンドイッチが運ばれてきた。

眠そうな顔でコーヒーをすするわたしとミーコが、道路をはさんで向かい側にあるコンビニのガラスに映っている。それをぼんやり見ていると、ミーコがふいにニヤッとした。

「なんだよ」

「なんかさ、こういうのっていいよね。わたしたちだけ、ちょい淫靡《いんび》で」

「は？」

ミーコが顔を近づけてくる。ムスクのような濃密で女くさい匂いがした。

通りから、ミスト状の細かい雨が時折、風に乗るように足元に吹きつけてきた。雨交じりの涼しい風が奇妙に心地よい。

「たまーに、こういう二人、見るじゃない。男のほうは、朝ちょっと引っかけて出てきたって感じの適当な服でさ、でも連れの女は、昨夜着ていたっぽい、気合いの入った夜遊びファッションのままでさ。二人ともだるそうなの。朝なのに、前日の、秘密の夜の匂いがしててさ」

「はー……」

「汗と肌の交わる気配、その質感の記憶。それと、朝日の中にいることとの戸惑いと照れ。そういうのがなんか入り混じっててさ。も、見た瞬間わかるじゃない。あ、この二人、昨夜遊んでて、女の子のほうが、男の子の部屋に泊まったんだなって。それで朝、女の子を駅まで送るついでに一緒に朝御飯食べて、みたいなさ……。この二人これからつきあうのかな。まだ微妙なのかな。って感じのさー」

「よく見てるなー……」

　わたしがあきれたように言うと、ミーコはまたニヤッとした。昨夜、部屋で発散していた女くさい空気が蘇《よみがえ》り、密度を増した。

「いや、なんか憧《あこが》れだったのよねー。そういうの。いままで、ないし」

「あ、そー」

「でもねー、相手が皐月じゃねー」

ミーコは冗談っぽく言って、わたしの顔を覗《のぞ》きこむ。大きな猫のような瞳《ひとみ》と、長い真っ黒な睫毛《まつげ》が、とつぜん至近距離に現れてわたしをひたとみつめた。

わたしはあわてて背をそらし、ミーコから離れた。自然、ぶっきらぼうになる。ポケットから煙草を出してくわえ、火をつけながら、

「なに言ってんだよ、バカ女」

「なによぅ、バカバカって。オッパイ出して追いかけるわよ」

ミーコが両手で服の端をつかみ、脱ぐようなそぶりをしてみせる。わたしが本気でいやそうな顔をすると、ミーコはプッと吹きだした。笑うたびにその、均整の取れた白い体が小刻みに揺れる。

通りを行き過ぎる大学生らしき一団が、それに目を奪われたように静かになり、ミーコを目で追いながら通り過ぎていった。

なにやらささやきあっているのが聞こえた。

「すげー……」

「でも男連れだよ」

「えっ、となりのやつ、女だろ」

「うそっ」

振り返った男をジロリと睨《にら》んでやると、あわてたように顔をふせる。

「でも、なんか雰囲気……レズじゃねーの」

「もったいねぇ！　二重に！」

「凍結資産だ……」

わたしは険しい顔になった。ミーコは笑いを抑えてうつむいている。その肩が震えているのに妙に腹がたった。

「誰が、レズだっ！」

「しょーがないじゃんよー。皐月、実際あんた、女の子のファン多いし」

ミーコがサンドイッチを頬張りながら続ける。

「女嫌いってとこも、逆に、ファンには受けてるんだろうね。つれないわーって」

「そりゃそうだよ。キャーキャー言って指名してくる女子大生とかさ、こっちがレズで本気になったりしたら、きっと蜘蛛《くも》の子散らすように逃げてくよ」

「一人ぐらい残るかもよ」

「マジレズが？」

「うん」

「こわ～……」

げんなりしてコーヒーをすすると、ミーコがサンドイッチを握ったまま、おかしそうにまた笑い始めた。

☆

時間ぎりぎりにバイト先に飛びこみ、エプロンをつけて控え室から出た。

渋谷の宮下公園沿いにある大型レンタルショップ。

広いフロアの隅々までビデオとDVDの棚が並んでいる。音量を絞った微妙に懐《なつ》メロなブリティッシュロックが流れている。売れ線のハリウッド映画から、マニアックなアジア、中東映画まで、広く深いラインナップで、この辺りの映画好きのあいだでは重宝がられているショップだ。

ここでアルバイトを始めてから、そろそろ半年近く経つ。やるべきことをただ淡々とこなしていただけなのだけれど、気づいたら、バイトなのに肩書きが副店長になっていた。時給が上がった分、生活は楽になったけれど、微妙に落ちつかない。

お昼前、裏口を出たところにある薄暗い路地で壁にもたれ、ショッポをくゆらして休憩していると、とつぜん……。

「おい、天王寺!!」

がっしりした手で肩をつかまれた。わたしは思わずその手首をつかんで振り返った。つかんでいないほうの片手は、肘打《ひじう》ちを合わせられるように相手のこめかみの高さに構えている。

肩の向こうに、店長のオッサンの脂《あぶら》ぎった顔が見えた。あわてたように「なに、物騒な顔してんだよ。ったくよぅ」とつぶやいて、肩から手を離す。

残心《ざんしん》を取って、オッサンの顔を睨みながら数歩下がると、オッサンはあきれたように、

「おめー、たまにそういう顔するよな」

「……あん？」

「『時計じかけのオレンジ』のアレックスの顔だよ。こえ〜。天王寺、こえ〜！」

「……それ、人殺しの顔ってこと？　失礼な」

オッサンはそれには答えず、ハンカチを取りだして、汗の浮かぶ顔を拭《ふ》き始めた。わたしはやつから目をそらして、壁によりかかった。吸い終わった煙草を地面に投げて、ブーツのつま先で乱暴に踏み消す。

この脂っこい雇われ店長は、噂によると経営者の縁故の人で、どっかの映画配給会社をリストラされたらしい。自然に身についたような威張り癖のせいで、若いやつらにははやくも嫌われてる。そのことをよくわたしにグチる。わたしは上下関係には敏感なので、うざいオッサンにでも、頭を下げるべきときは下げる。それで、ある日気づいたら、このオッサンになつかれていた。いま、困ってる。

オッサンは偉そうな態度で「一本、ほら、一本」と手を出してきた。仕方なく煙草の箱を叩《たた》いて、一本出し、箱ごと差しだす。それをくわえて、偉そうに「火だよ、火」というので、わざとライターを手前に差しだし、火をつけてやった。

松田優作仕様のライターからシュボッと長い炎が出て、オッサンの鼻先をあぶった。オッサンはあわてて「あちあちあちっ、な、なんだそのライター。壊れてんじゃねーかよっ！」と叫んだ。

「壊れてない」

「じゃなんなんだよっ」

「松田優作仕様」

オッサンは納得したように「あ、なるほどな」とうなずいた。両手で鼻を押さえている。

わたしは大きくあくびをした。

……ねむー。

昨夜、ミーコがうちに泊まるなんて無茶なことをしてくれたせいで、ものすごく眠かった。明け方頃にようやく浅い眠りに入ったのだけれど、それも、常に神経の一部が覚醒《かくせい》しているようないやな眠りだった。

昼間——、

太陽の下で見ているときにはわからない。

大勢の連中と一緒に、教室で騒いでるときにはわからない。

闇の中に一人、うごめいているときに発散する、あの濃密な甘ったるい気配。甘いのに、獣じみて、どこか生臭い。それを避けたくて部屋に入るなって言ってるのに、ズカズカと入ってくるあの神経。

女。

女って……。

「……女って…………………メスだよなぁ」

もそっとつぶやいて大あくびをすると、耳元で「げっへっへ」と笑う声がした。ギョッとして顔を上げると、オッサンがまだそこにいた。さっきの炎で先っちょが黒く変色した煙草を片手にニヤニヤしている。

「天王寺ちゃーん、眠そうだねぇ」

「あんたは楽しそうだなー」

げんなりして言うと、オッサンはうれしそうに言った。

「天王寺も女だもんなー。さては昨日……」

「なに言ってんだよ。ちがうって」

面倒くさくなって背を向けると、オッサンは「なーなー、参考までに聞くけど、天王寺の彼氏ってどんなやつだよー。興味あんなー。マッチョでつえーやつか？ それとも逆にナヨッとしててキレイなやつか？ 普通のあんちゃんか？ な、年上？ 年下？」しつこく聞き始めた。背を向けてもこちらに回りこんできてまたしゃべりだす。いい加減面倒くさくなってきた。

「なーなーなー、タイプだけでも教えて、たーのむよー」

「なんでだよ」

「ヒマなんだよ」

「うるさーい！　このくそオヤジ！」

わたしはくわえ煙草のまま、ライターを取り出して火をつけ、その火を掲げて逆にオッサンを追いかけ回し始めた。

「わー⁉　怒るなよ、天王寺！　落ち着けって、うわっ、やめろよ。俺の服、化繊だぞ！　めらめら燃えるってば！」

「いっそ焼け死んじゃえ」

「あっ、休憩時間終わった。戻れ戻れ、時給減らすぞ」

騒ぎ疲れて、ライターをしまい、煙草をもみ消して店内に戻る。

レジにはバイトの兄ちゃんが二人いたので、オッサンとわたしは返却済みのDVDを抱え、店の中を歩き始めた。

ジャンルとタイトルを確認して、一本ずつ棚に戻していく。

ハリウッド映画の棚から、香港アクションに移動する。それから奥の邦画の棚に行くと、向こうからオッサンも歩いてきた。

大木《おおき》裕之《ひろゆき》監督の『あなたがすきです、だいすきです』を一番上の棚に戻そうと四苦八苦していると、オッサンも近づいてきた。

「そっちは？」

「『たまあそび』」

「あー」

DVDを戻しながら、わたしの持っているほうも受け取り、となりの場所に戻してくれる。

「こんな上のほう、女は取れないよな」

「なに言ってんだー、天王寺。これ借りるの男だろ」

「あ、そっか」

またあくびが出る。

近くの棚にどんどんDVDを戻しているオッサンに、「ねーねー、オッサン」と声をかける。

「オッサン言うな。まだ若い」

「いくつ」

「四十五」

「そろそろ死ぬ年じゃん」

「な、なんてこと言うんだ。このへんが折り返し地点だっつーの」

「オッサンはどんな女が好きなの？」

しゃがみこんで、いちばん下の棚に『千原《ちはら》兄弟　PINK』を戻していたオッサンが、

「へっ」と顔を上げた。

どえらくエロい顔をして、にやつく。

「そりゃよー、おめー、こう、小股の切れ上がったよー」

わざわざ立ち上がってコマネチポーズをしながら言う。目を見ると子供のようにキラキラ輝いていた。へんなやつぅ……。

「なにそれ、日本語？」

「かーっ、いまのやつは外人並みに日本語知らねーなー。いい女ってことだよー、もー」

何度もコマネチポーズを繰り返すオッサンを、アダルトコーナーから出てきた若い男が、不審そうにみつめながら通り過ぎていった。

まだしゃべり続けているオッサンを無視して、DVDをどんどん棚に戻し続ける。

「『パリ、テキサス』のナスターシャ・キンスキーの美しさを、天王寺、おまえも見習えってておい、聞いてるかー……？」生返事しながら歩き続ける。手元にあったものをすべて戻したので、レジ裏に戻り、テープの山を抱えてまた歩きだす。

「あのぅ……」

甘ったるい、小さな声がした。

振りむくと、小柄な女が立っていた。高校生ぐらいだろうか。かわいらしい童顔をしていた。

「……なにかお探しですか」

低い声で訊《き》くと、

「いえ、あのっ……これっ……………！」

淡い桃色の封筒を差しだされた。両手がふさがっているので黙ってみつめていると、女は、わたしが抱えているDVDの山の上に封筒を投げるように置き、走って店を出ていった。

封筒の端が頬に当たり、チクリとした。ムッとしていると、背後からオッサンがどすどす近づいてきて、ひょいと封筒を手に取った。

「おめー、ほんっとモテるよな。女に」

「ほっとけ」

オッサンはかなり無神経な感じでビリビリと封筒を開けた。わたしは知らんぷりして仕事に戻ろうとした。歩いていくわたしの後ろを、オッサンが金魚のフンみたいにくっついてくる。

「なになに……天王寺のこと好きなんだってさ。でも、おまえも女だろ？　どういうこと？　ふむふむ。…………あぁっ！　メアド書いてある！　あーっ、かわいかったよなー。な、頼む天王寺」

いやな予感がした。先に断ってみる。

「ダメ」

「頼む、おまえのふりしてメールさせてくれ」

「ダメ。ぜったいダメ」

「時給上げてやる！　どうだ！」

わたしは立ち止まり、DVDの山を床に置くと、オッサンの手から手紙を取り返した。

「あー……」とつぶやいているオッサンをほっといて、ポケットからライターを出して手紙に火をつけた。

メラメラと燃える。

レジ裏に戻り、洗面台の上に燃えていく手紙を投げ落とした。

追いかけてきたオッサンが、なにか言おうとして……わたしの、灰になった手紙を見下ろす表情の冷たさに気づき、口をつぐんだ。

わたしは仕事に戻った。どんどんDVDを棚に戻していく。いらついたその仕草に恐れをなしたのか、オッサンはしばらく近づいてこなかった。

夕方、バイト時間がそろそろ終わりだというころ。レジに立っていたオッサンがぼそりと言った。

「なー、天王寺」

「あん?」

「おめー、なんでそんなに女嫌いなんだよ?」

「………」

「男でも女でも、人に嫌われるならともかくさ。好かれて怒るか? モテてキレるか?」

「うるさいって、オッサン」

わたしがドンッと壁を蹴《け》ると、オッサンは口を閉じた。

奥に行き、エプロンを外して帰る用意をしていると、ふと視線を感じた。振り返ると、ドアの向こうから、オッサンが顔面を半分だけ覗《のぞ》かせていた。

「……その、『シャイニング』のポーズで見るの、やめてよ」

「なー、天王寺」

「なんだよーもー」

「俺はさー、リストラされてさー、けっこう楽になった」

「は？」

「演じるものがなくなってさ。いま、楽。ローン関係はヤベーけど。人生そのものもヤベーけど」

「だからなんだよ」

「いや、べつに。そんだけ。おつかれさん」

オッサンはまた店に戻っていく。

……わけがわかんないよ。

わたしは不機嫌なまま店を出た。バイクにまたがり、ヘルメットをかぶる。エンジンをかけてスタートする。くるときの安全運転がうそのように、気持ちがたぎって、スピードを上げ続けた。幅寄せしてくるタクシーにムカつきながら、そいつを追い抜く。

パラパラパラッと、雨が降ってきた。

思う間もなく、ザーザーと降り始めた。なんて不安定な天気だろう。空が急に暗くなった。わたしはさらにスピードを上げた。

ヘルメット越しに雨の街がどんどん通り過ぎていった……。

☆

「……まーた、雨だよ」

つぶやきながら、わたしは廃校の薄暗い廊下を走り、教室のドアを開けた。

『ガールズブラッド』

夕方から夜にかけてのわたしのアルバイトだ。廃校になった小学校を買い取って、中庭に設置された特別製の檻《おり》で、若い女版の闘鶏《とうけい》って感じの、謎のショーを毎晩繰り広げている。風変わりなショー。実は資産家だという噂のふざけた社長が、自分の趣味だか、税金対策だかでやっているという説もある。ま、軍鶏《しゃも》は興行主の事情なんて関係ない。深く突っ込んで考えたことなんてないけど。

明々と燃える松明《たいまつ》に浮かびあがる、夜中の小学校の中庭。コロシアムを模倣するように、八角形《オクタゴン》の檻の周りを、鉄製のベンチがぐるりと取り囲んでいる。手錠に繋《つな》がれた女たちが、檻の中でうごめく。ベンチに座る客に指名されると、ネオナチの制服にも似た黒い衣装のウェイターに引きずられ、そのベンチに手錠で繋がれる。

檻の中で、女たちは〝女の子の格闘《キャットファイト》〟を繰り広げる。客はベンチから鑑賞することもできるし、檻に近づいて、間近で叫んだり手を叩《たた》いたりすることもできる。

いまはショー開始の三十分ほど前の時間だ。控え室として使われている、一階奥の教室にそれぞれが集まり、社長の話を聞くともなく聞いている。子供用の机を椅子代わりに、カカトを持ちあげてペディキュアの点検をする女、机に寝ころんで雑誌をめくる女、うつむいてひたすらメールを打つ女……協調性の欠片《かけら》もない感じでてんでバラバラ、好き勝手に過ごしている。

教室の入り口に、武史がしゃがんでいた。パンチパーマに紫のポロシャツを着たおっさんと、スーツ姿のにいちゃん……鮫島道場のメンバーも、こっそり中をのぞいている。

わたしは挨拶《あいさつ》代わりに、武史の尻《しり》を後ろから蹴っ飛ばした。

「………イテッ⁉」

「なにやってんの。邪魔だってば」

「皐月さんか……。ちょっと邪魔しないで。いいとこだから」

「は？」

わたしが怪訝《けげん》な顔になると、武史がにやけた顔で振り返り、

「女が面接にきてんだよ。いま」

「『ガールズブラッド』の？　そんなの、たまにくるでしょ」

「ちーがうんだよっ。すっげー美人なの。もーメロメロメロン。なっ？」

パンチパーマもこくこくとうなずいている。視線をちらりとも動かさない。

わたしは肩をすくめた。しゃがみこんでいる武史をまたいで、大股《おおまた》で中に入っていく。と……。

誰かが顔を上げて、こちらをひたと見据えたのがわかった。

わたしはそちらを見た。

――女がいた。

ナイフで斬《き》りあけたような切れ長の瞳《ひとみ》をしていた。その目が射すくめるようにこちらを見ていた。

思わずわたしは後ずさった。

こわい……なぜか思った。

視線に、まるで山道で鬼に出会った子供みたいに怯《おび》えた自分に腹を立て、わたしはひんやりとした表情になった。心の底から怒りがこみあげてきた。急に機嫌を悪くしたわたしに、ミーコが気づいて、不思議そうにこちらをみつめている。

わたしは逃げるように教室の隅に歩いていった。自分の足音が、水の中にでもいるみたいに、遠く、やけに響いて聞こえた。

鞄《かばん》を乱暴に置き、いつもの机に腰掛ける。落ちついて、いま見た女のことを考えようとして……わたしは戸惑った。

思いだせなかった。

たったいま見たばかりの顔が。

あの、刃物傷みたいな瞳だけが迫ってくる。

目しか思いだせない。

振り返るのもこわい。

なぜか……苛立《いらだ》ちがつのった。

わたしはうつむき、机の上で自分の膝《ひざ》を抱えこんだ。社長の声が遠く聞こえる。耳を塞《ふさ》ぎたかった。

わたしは目を閉じると、大きく一つ吐息をついた。


ショー開始十分前。

ミーティングを終えて着替えた女たちが、更衣室代わりに使われている廊下奥の理科準備室からぞろぞろ出てくる。SＭルックに、セーラー服に、水着に、チアガール。よくやるよ、とげんなりするような服装の女たち。ひっきりなしにぺちゃくちゃしゃべっている。

誰もいなくなって静かになった理科準備室に入り、大きくため息をついた。

「……皐月って、あなた？」

ふいに、声がした。

ギョッとして顔を上げると、隅の流し台の上に女が腰掛けていた。さっきの、刃物傷みたいな瞳をした女。その瞳でまっすぐにこちらを見据えている。

「でかい女に聞いたの。皐月がくるからはやく着替えな、って」

わたしは女のほうをチラリと見た。さっきと同じ白いワンピース姿だ。ため息をつきながら、

「……わかってるなら、着替えなよ」

「あの女、なんであなたがいっしょに着替えないか、気づいてないわよ」

「…………」

「仲、いいのに」

あざ笑うような残酷な響きがした。

わたしは、ゆっくりと顔を上げて、女を見た。女のほうが先に目をそらした。怒りに体の芯《しん》が熱くなる。それに気づいたのか、女は顔を伏せ、

「わかったわよ。着替える。出てって」

わたしは廊下に飛び出し、理科準備室のドアをバタンと乱暴に閉めた。

廊下の壁にもたれて、ぼんやりと靴の先を見下ろしていた。所在なくショッポの箱を取り出し、一本くわえて、火をつける。

通りかかった社長がわたしにぶつかりかけて「おっと！」と叫んだ。夜になってもサングラスをかけているから、よく、机やら、黒い服を着た女の子やらにぶつかるのだ。

「……なんだ、皐月か。はやく着替えろよ」

「わかってるよ！」

不機嫌な顔で社長に八つ当たりしていると、理科準備室のドアが開いた。女が、スリッ

トの入った赤いチャイナドレス姿で立っていた。社長に肩をすくめてみせ、歩きだす。

振り返って、

「早く着替えなよ、皐月、さん」

歌うように言う。わたしは苛立ち、黙って理科準備室に入った。

薄暗い理科準備室の中は、女たちが脱ぎ散らかした衣服や鞄で散らかっていた。大きな白い机と、机ごとに設置された水道の流し台。ガラス棚の中には細長いホルマリン漬けの瓶がいくつも並んでいるようだが、暗すぎてよく見えない。黒い遮光カーテンが、窓が開いているらしく、風にかすかにゆらめいている。

後ろ手にドアを閉めたとき、なぜか、廊下の向こうから小さな足音が近づいてくるのが聞こえた。わたしの緊張を知ってか知らずか、足音はドアの前で止まる。

わたしはドアに背中を預けて寄りかかり、おかしいぐらい鳴る心臓を持て余してうつむいていた。ドアの外側から、唇を近づけてささやいているらしい、女の声が聞こえてきた。

「ごめんね」

「…………えっ？」

「わざと待ってたの。あんたを」

「……なんで？」

女はかすかに笑った。くすくすと空気を揺らす声。

「困らせたくて」

わたしは火傷《やけど》したようにドアから離れた。笑い声といっしょに、女の足音が遠ざかっていく。

――理科準備室の中にも、女の残り香が漂っていることに気づいた。服を脱ぐと、肌にからみついてくる。ミーコの匂いとはちがう、サラリとした、樹木や朝露を思わせる香り。息苦しい。わたしはそれを追い払おうと、わざと乱暴に、鞄から衣装を取り出した。

シャツを脱ぐ。

白いサラシに巻かれた上半身が、鏡に映っていた。サラシにつぶされた胸がかすかな丘陵を作っている。

胸のふくらみを隠すための下着としては、ナベシャツと呼ばれる便利な代物がある。肩からへその上辺りまで覆うコルセットのようなもので、シャツの下にそれを着ると、胸の谷間が消え、逆に肩幅や胸板が強調される。女性が男装するときに用いられる特殊な下着だ。

でもここで働くときは、社長から「白ランがはだけたときにサラシが見えると素晴らしい」とリクエストされたので、サラシに頼っている。

わたしは白ランをバサリと羽織って、前をわざとはだけさせた。アッシュ・ブロンドに染めた髪にディップをつけ、リーゼント風になでつける。両拳にテーピングする。首を左右に振って、ため息一つ。

理科準備室を出る。

中庭から大音響のレニー・クラヴィッツが聴こえてきた。わたしはあわてて、暗い廊下を走りだした。

　ふと、なんとおかしな光景だろう、と思った。昔々に統廃合で廃校になった小学校の、夜中の廊下を走り抜ける、銀髪で白ラン姿の女。わたしの時間が、ここから、ここではないどこかへ移行し始める。いつもそう。ここで救われる。

中庭に飛び出し、松明《たいまつ》のあいだをくぐって、八角形《オクタゴン》に到達する。檻《おり》の鉄扉をくぐって中に飛びこむと、わたしが最後の一人だったらしく、待っていたウェイターが、重そうに鉄扉を押して、閉めた。

　ガチャーン……！

　大きな音が響く。

　夜空を見上げると、月明かりが青い。

　思い思いに騒いでいる女たちの中で、わたしは隅にしゃがみこみ、ふてくされたように鉄格子に背を預ける。ミーコはうれしそうに暴れ回り、セーラー服や水着姿のベビーフェイスたちは悲しそうに鉄格子の外に手を差し伸べている。

　音楽が床を震わせている。

　わたしの心臓も、それに合わせて脈打ち始めるのがわかる。

　日常から……どうしようもないこの悪たれの日常から、どこだかわからない、悪趣味なフィクションの世界へ、わたしたちを連れていく音だ。

ガールズブラッド……。

わたしたちが血を流しながらのたうち回るこの場所。

檻の中へ……。

ネオナチ風のウェイターの案内で、ぞろぞろと客が入場し始める。スーツ姿のビジネスマンが多い。若い客はたいがい一人で、思いつめた目をしてやってくる。たまに、女の客もいる。わたしをみつけると目を見開いて凝視し始める。お酒の注文をする声が闇を飛び交い、ウェイターが早足で歩き回る。

檻の床は『ROCK'N ROLL IS DEAD』に合わせてブルブル震えて、やがてそれに、檻を囲んで、無表情に足踏みをする無数の男たちの足音も合わさっていった。

今夜も『ガールズブラッド』は盛況だ。男たちが、わたしたちの血を観にやってきている。

酔いそうだ。なにもかもに。好きなのかきらいなのか、必要なのかただ憎んでいるのか、わからなくなる。

——わたしは目を閉じた。

オープニングが終わると、指名を受けた女たちが、一人、また一人と手錠をかけられたまま檻から引きずり出されていく。わたしのところにもお迎えがきた。手錠を引っ張られ、ふてくされたように土を踏みしめて歩いていく。ベンチに、最近常連になりつつある若いOLが座っていた。熱い瞳《ひとみ》でわたしを見上げている。わたしはげんなりする。かんべんしてくれー。ほっといてよ、おねえさん。

第一試合の組み合わせを発表する声がした。常連の男たちが、新人のデビューと聞いて歓声を上げる。「リリーちゃん！」早くも声がかかったことに、わたしは苦笑する。

ミーコが一人、檻の中を、獰猛《どうもう》な獣のように歩き回っている。そこに、手錠を引っ張られてあの女が連れてこられ、放りこまれる。女は床に倒れ、そこに立つミーコを見上げる。檻の扉がガチャーンと音を立てて閉まる。

二人の女がみつめあう。女がゆっくり立ちあがる。

派手なSMファッションのミーコと並んで立つと、彼女は確かに、ミーコのどっしりした存在感に負けないぐらい、赤くて、ほっそりして、輝いていた。檻に映える女だ。これは当たりだな、とわたしはうなずく。面白い試合になりそうだ。

手錠をかけられていないほうの手で煙草を取りだし、一服吸おうとすると、わたしを指名したOLのおねえさんが、すばやくライターを出した。火をつけてくれる。……のはいいけれど、慣れてないらしく、あやうく眉毛《まゆげ》を燃やされそうになる。

「……どうも」

肩をすくめ、視線を逸《そ》らす。

おねえさんの熱い視線が横顔に突き刺さる。ストレスで顔面神経痛になりそうだ、と思う。あー、これさえなければ、いいんだけどな。男の客に指名されて、バイクとか音楽の話をするほうがどれだけ楽かしれない。男に指名されたい。助けだしてほしい。わたしは

わ
　あらゆる女が苦手なんだ。

　八角形《オクタゴン》の中で、試合が始まった。となりのおねえさんもそちらに集中しだしたので、わたしはいくぶん楽になり、ソファに背を預けて試合に見入った。

　あれっ……。

　あの女……リリーちゃんの動きに、わたしは驚いた。

　その衣装や、雰囲気に似合わず、彼女はプロフェッショナルのファイターだった。おそらく子供のころからしっかり基礎を積んでいるのだろう。手足の動きとフットワークに無駄がなく、相手の動きをすべて把握して先回りしていた。攻撃と防御のバランスもいい。

　大丈夫かよ、ミーコのやつ……。

　対するミーコは、格闘歴は短いけれど、なんに関しても勘のいい、器用で頭のいい女だ。いまも、相手が手練《てだ》れだととっくに気づいているようだった。ビビッて下がったり、防御一辺倒になってずるずる負けていくような流れにはしていない。むしろ、相手の技術に乗るように自分の技を合わせていっている。

　つんつん、と誰かに肩を叩《たた》かれた。ふりかえると、ポニーテールにチアガール姿の女が、後ろの席からこちらに身を乗り出していた。

「なんだよ」

「皐月、聞いた？　あの女、スマックガールに出てたんだってさ」

「あー」

わたしは納得した。自信ありげな態度。安定した技術。素人とはちがうってことか。なるほどな。

「ねーねー、皐月。どっち応援してる？」

「ミーコに決まってる」

「だよね。ミーコ負けたら、今日は残念パーティか……」

うなずきながら、檻のほうに視線を戻す。

二人の攻防が加速していた。お客さんたちは身を乗りだして見入っている。ミーコが無表情のまま、急に上体を右にかたむけた。顔面に飛んでくるストレートをかわし、そのまま左足をハイキックの軌道で振りあげ……。

ガツン。

大きな音がした。

女が、ぱたんと倒れた。

──一瞬置いて、中庭に、ウオォォォォ……と地鳴りのような歓声が上がった。

ウェイターたちが鉄扉を開け、倒れたまま動かない女に駆け寄っていく。ミーコがこっちを見た。わたしはニヤッとした。

ミーコはなぜか泣きそうな顔をしていた。

☆

ショーが終わった。反省会とは名ばかりのミーティングを終えて、女たちは屋外のシャワーコーナーで無邪気に汗を流し、帰っていく。

わたしは大あくびしながら、教室の机に立て膝《ひざ》をついて座り、ウーロン茶を飲んでいた。ゴミを拾ったり箒《ほうき》をかけたりするウェイターが少しずつ近づいてきたので、掃除済みの机のほうに移動する。

濡《ぬ》れた髪のままで、ミーコがシャワーから戻ってきて、わたしの向かい側の机にドスンと座った。わたしが飲んでいたウーロン茶を黙って奪い、ごくごく飲む。

カラララ……と教室のドアが開いた。顔を上げると、鮫島道場の師範代が入ってくるところだった。

のっそりとミーコの傍らに立った師範代が、小声でなにかつぶやいた。わたしの片眉が思わずピクリと動いた。「あなたはわたしの皮膚の下にいる……」そう聞こえたけど。聞き違いかな? 意味がわからないし。そう考えていると、ミーコが顔を上げ、面倒くさそうに「なによそれー?」と聞き返した。

「……ゆっくり説明する」

一瞬の迷いの後、ミーコは立ちあがると、ごく自然に、師範代の巨体と並んで歩きだした。ちょっと親密な、不思議な雰囲気だった。

ミーコがこちらを振り返ったので、わたしは怪訝《けげん》そうな顔のままで「また明日な」と手を振った。ミーコはニコッとした。なぜかついさっきまでよりも幸せそうな顔をしていた。謎だな……。ミーコが大きな尻《しり》を振りながら教室を出ていく。

そのとき、教室のドアがまた開いた。武史の坊主頭がニョキッと顔を出した。まず、奥にいるわたしをみつけて手を上げようとして……並んで歩いてきた師範代とミーコに気づき、おおげさなぐらい飛びあがってドアの角に後頭部をぶつける。

「……大丈夫か」

と言いながら、師範代はそのまま教室を出ていった。武史は頭をおさえて、なにやらウーウーうなりながらこちらに近づいてきた。

涙目だ。

……なんなんだろ、いったい。

「武史、おまえ、どこかしらおかしいよな……？」

「わかってる。よくわかってる。自分でも。皐月さんさー、俺さー…………」

「なんなんだよ」

「…………………………だーっ。やっぱり喋《しゃべ》れねー！　俺の口からは！　でも察してほしい!!」

「シャワー浴びて帰ろっと」

わたしが立ちあがると、武史は教室の床にだんご虫のように丸まって「相手してよー!」とうめき始めた。

ミスター思春期はほっといて、ブラブラと廊下に出る。

誰もいないはずの理科準備室のドアを開けると、黒い遮光カーテンの前に、目の覚めるような赤い塊が見えた。

「………あんたか」

あの女だった。

チャイナドレス姿のままで、放心したように、流し台の上に腰掛けている。刃物を思わせたその瞳《ひとみ》も、いまは木のうろのようにぽっかりと空虚に空いているだけだ。さきほどまでとはまったく逆に、力弱く呆然《ぼうぜん》としたオーラを弱々しく発しているだけだった。別人みたいだな、とわたしは思った。

女はゆっくりとこちらに顔を向けると、

「………なによ?」

「いや……」

こんな顔をしていたのか、とわたしは思った。

女は、年齢はわたしたちと同じぐらいだった。高価な日本人形を思わせる顔立ち。美しいけれどすぐに枯れてしまいそうな、どこか儚《はかな》い美貌《びぼう》だった。危険な顔だ。エロガキが騒ぐはずだ……。

ついでわたしは、余裕を持って全体を採点した。

青白く透き通った肌。つやつやした長い黒髪を背に垂らしている。白くて細い腕と足は、妙に長いように見えた。その腕と足を持て余すように、ブラブラと揺らしている。

百年も生きた白蛇みたいな雰囲気の女だった。

わたしは肩をすくめ、中に入った。

「さっさと着替えて帰りなよ。そろそろ終電だし」

「脱げないの」

「……は？」

女は両腕を持ちあげる仕草をしてみせて、首を横に振った。

「あー。はってるんだ？」

「もう、パンパン」

試合の後、全身を疲労感が襲うことがある。普段の稽古《けいこ》とちがって力が入るし、緊張感もちがうから、ほんの数分の試合で気持ちも体もガタガタに崩してしまう。部分的ではなく、全身くまなく網羅する筋肉疲労。立てない、歩けない、ものを持ちあげられない。いまの時点でそうなのだから、明日の朝起きたらもっとひどくなってるだろう。

「なに？」

女はけだるげにわたしを手招きした。背中を指差してみせる。

「ファスナー、下げて」

「は？」

「届かない」

腕を持ちあげられないのだろう。こちらに背を向けて、うつむいてみせている。長い髪の隙間から青白いうなじが見えた。

「明日、立てなくなるぞ。今日のうちに風呂《ふろ》入って、よくほぐしときなよ」

「……ファスナー」

「腕と足にはバンテリンかタイガーバーム塗って」

「……ファスナー」

「柔軟してから寝なよ。あと、頭痛かったら病院に……」

女は振り返って「ファスナーって言ってるでしょ！」と叫んだ。わたしは右を見て、左を見て、天井を仰いで……あ、そうだ、武史がまだいたな、武史に……ダメだ、エロガキだった……じゃ、ウェイターいたかな、って、ウェイターも男か、ええと……。

女が睨《にら》んでいる。わたしは仕方なく一歩、二歩、と近づいた。

「早くしてよ。終電、そろそろなんでしょ」

「………」

「このまま帰れっていうの？」

わたしはあきらめて、おそるおそる片手を伸ばした。

長い髪を左右に分けて、ファスナーを探す。青白いうなじが、蛍光灯のライトを浴びて輝いていた。白蛇みたい。つまみをみつけて、そっと下ろすと、背中の皮膚が現れ始めた。やっぱり青白い。かすかに汗をかいている。下着のホック部分が見えた。

女がこちらを振り返った。視線でチリチリと肌が痛む。わたしはそれを避けようとうつむいた。ファスナーに意識を集中する。

女がつぶやいた。少し、声が震えていた。

「わたし、あんどう、ちなつ」

わたしは手を止めた。

「やすいふじで、安藤《あんどう》。せんのなつで、千夏《ちなつ》」

「…………」

「あんたは？」

「…………できた」

わたしは手を離した。

彼女に背を向け、手近な椅子にどすんと腰掛ける。

背中越しにかすかにため息が聞こえた。続いて、スルリとチャイナドレスが床に落ちる音。

静かな衣擦《きぬず》れの音が、爆弾でも落ちるように、いちいち胸に響く。

それから、鞄《かばん》を乱暴に閉める音がした。安藤千夏が、怒ったように理科準備室を出ていく。

一人になるとわたしは立ちあがり、汗に濡《ぬ》れる衣装を乱暴に脱いだ。

脱ぎ散らかしたまま、胸にぐるぐる巻いたサラシをほどく。ミイラ男みたいだ、と思いながら。床に落ちたサラシをまたいで、裸のまま黒い遮光カーテンを開け、窓から這《は》いだし、屋外にあるシャワーコーナーに入る。

シャワーコーナーは、青いビニールシートで屋外と仕切られている。シャワーノズルが三つ、壁にかけられている。そのうちの一つを手に取って、頭からお湯をかぶる。

夜空がわたしを見下ろしている。星が見える。ひとりぼっちだ。

シャワーを止めて、理科準備室に戻り、タオルで全身を拭《ふ》く。壁際の鏡に自分が映っている。見たくはないけれどつい見てしまう。

アッシュ・ブロンドに染めた髪。青白い肌。鍛えているせいで肩幅は割とあるけれど、全体的に線は細い。腰から臀部《でんぶ》、腿《もも》にかけてはスッと細くて、肩と比べると頼りない。白い胸が二つ。いつも締めつけている割にはなかなか崩れない。サラシの跡がまだかすかに残っている。

服を着替えて、鞄に荷物を詰め、ヘルメットを抱えて理科準備室を出る。いつのまにか武史も帰ったらしく、誰もいなかった。

一番最後に帰るのはわたしのことが多いので、社長から各教室の合鍵《あいかぎ》を預かっている。わたしは大股で理科準備室を出ると、鍵を閉めて、暗い廊下をタラタラと歩きだした。正面玄関からロータリーに出て、停めてあるバイクの前に立つ。

白いスカートの端が見えた。

安藤千夏だ。二宮金次郎像に所在なげにもたれている。

「なにしてんの」

「待ってたの」

「……なんで」

「………………」

千夏は長い髪をかきあげた。それから、チョイチョイ、と正門のほうを指差してみせた。

わたしは首を伸ばして、そちらに目をこらした。若い男が一人、人待ち顔で門にもたれていた。思いつめたような……なんだかいやなオーラを醸しだしていた。彼は視線に気づいて顔を上げ、わたしを見ると、なんだちがった、とがっかりしたようにまた顔を伏せた。

「……なに、あの男」

「夫」

わたしはギョッとして振り返った。千夏はうつむいている。

「……オットォ⁉」

「そ。わたし、家出中なの。引っ越して、仕事も変えたのに、ここもみつけたみたい。さっきからずっといてね」

「ん……？　なんだ、どういうこと？　………………まいっか」

へんな女ばっかりだよ。まったく。

……わたしは仕方なく、千夏と並んで歩きだした。正門を出る。若い男……彼女の夫は、千夏がわたしと一緒なのを確認すると、あきらめたように別方向に歩きだした。

千夏が振り返って、その後ろ姿をみつめながら、

「……サンキュ。もういいわ」

「駅まで送る」

「………ふーん？」

並んで歩き続ける。

会話もなく、足音だけが響く。わたしのごついブーツの立てる大きな音と、千夏のサンダルが立てるかすかな音だけ。

「……怪我は？」

「ノーペイン」

「なんだよそれ」

「痛くないってこと」

千夏はニヤッとした。その表情にわたしの緊張もほぐれてきた。千夏は身振り手振りもまじえて話し始めた。

「スマックガールに出てたとき、外人のセコンドさんがついてさ。わたしが技もらうたびに『ノーペイン、千夏！』って叫ぶのよ。なんかこう、もっと、具体的に言ってほしいのに。『カモン、千夏！』『ファイト、千夏！』『ノーペイン、千夏！』って、それぱっかり。

いい人なんだけどね……」

「あー、いるな。気持ち先行のセコンド。後輩がついてくれたときとか、多かったな」

あんなに緊張と反発を感じていたはずなのに、話し始めてみると、不思議と雰囲気がほぐれ、話が弾《はず》んだ。それはもしかすると今夜の千夏が弱っているせいかもしれなかった。

千夏がふいに聞いてきた。

「皐月はなにをやってたの？　どこで、どれぐらい？」

わたしは息を止めた。

……話すつもりはなかった。

話題を変えようと、口を開いた。でも意外なことに、するすると言葉が出てきた。自分でも驚きながら、しゃべり続ける。

「中学、高校と、部活で空手をやってた。高校はスポーツ推薦で入った。毎日空手漬け。東京都の代表でインターハイに出て、団体戦でベスト4だった」

「……やめたの？」

「うん……。本当は、大学もスポーツ推薦で行こうと思ってたんだけど。将来は実業団で、とかさ。当たり前に、ずっとこの世界にいるんだろうって思ってた。だけど、ちょっとあって……家、出るはめになって。全部おじゃん。自分でも驚いてるよ。自分の人生を自分で台無しにしたってことに。正直、まだ驚き続けてる。で、いまは……」

わたしはどうしてこんな話をしてるんだろう。自分の話なんてわざわざすること、普段はないのに。口から勝手に言葉が流れ続ける。

「いまは……空手漬けだった、体育会系の天王寺皐月は、冬眠してる。わたしの体の中で。いつか戻るかもしれない。いまいる天王寺皐月は、十九歳のフリーター」

「どんな字？」

「てんきのてんにおうさまのおうに、おてらのてら。さつきは、むずかしいほうのさつき」

駅が近づいてきた。

……別れがたい。

千夏が歩みを遅めた。ゆっくりした話し方で、

「わたしはね、お父さんがキックボクサーだったの。家がジムを経営してて、わたしも子供の頃からトレーニングしてた。夫になった人もジムのトレーナー。だけど、なんか、ある日息苦しくなっちゃって。内緒で一回だけ、衣装とか登場曲に凝ったりする、スマックガールに出場してみたの。そしたら楽しくて。うっかり家出しちゃった」

「ふーん……。今夜はどうだった？」

千夏の顔が輝いた。

「楽しかった！　あんなファイター、初めて。技術はぜんっぜんわたしに劣ってるのに……人間性っていうか、実社会でもまれた経験っていうか……。素直に戦ってたらだまされて負けちゃったって感じよ。あいつ、すごいへんな女ね。あいつ好きよ。悔しいけどカ

ルチャーショック。ショックは快感だったの」

「わかる」

「知らなかった。生きてるって、ときにはおもしろいことなのね。わたしも好きにしていいのね。不思議」

夢見るような口調で言うと、千夏はわたしを見上げた。そして「へへへ」と笑った。しっとりした美人顔にはぜんぜん合わない、子供みたいな笑い方だった。

駅に着く。ライトに照らされて眩《まぶ》しい下り階段を、千夏は手を振りながら下りていった。

「駅から家までも、気をつけろよ」

「わかってる」

離れがたい。蜻蛉《かげろう》のように揺れながら階段を下りていく細いその後ろ姿を、じっと見送る。無理やり、きびすを返して歩きだそうとしたとき、千夏が階段の下からふいに叫んだ。

「ねぇ、天王寺皐月さん！」

わたしは振り返った。

「なんだよ！」

「だけどわたし、夫に殺されちゃうかも！　こんな勝手なこと続けてたら」

「…………」

わたしは千夏の顔を見下ろした。二人のあいだには距離があって、彼女がどんな表情を浮かべているのかわからなかった。それでいいような気がした。顔を見てしまったらこわいことになる気がした。千夏が震え声で叫んでいる。

「スマックガールに出たとき、言われたの。自分の女が派手な衣装着て、見せ物になって戦うなんて耐えられない。続けるなら殺してやるって。そりゃそうよね……。だけどわたしはどうしても戦いたいの。わたしが行きたいのは、父や夫が望んだ場所じゃない。後楽園ホールとか有明《ありあけ》コロシアムの明るいリングなんかじゃない。わたしは、きれいなところじゃなくて、汚濁にまみれた場所で。この世の果てみたいな、暗くて恐ろしい場所で。戦いたいの。血を流したいの。そして死んでしまいたいの。どうしてもよ。だからここにきたの」

わたしは答えなかった。

自分も同じだ、なんて、安易に答えたくなかった。

それはわたしたち『ガールズブラッド』出演者たちの、共通点で、同じ痛みで、パックリ開いたよく似た傷口だった。

わたしの顔が陰る。

千夏の顔は見えない。

遠くで……地下鉄がゴオオォーッと音を響かせている。千夏がわたしを見上げて、ささやいた。

「皐月、わたしといっしょに死んじゃってよ……！」

階段の下から、千夏がじっと見ている。初めて目があったときと同じ、刃物で切り裂いたようなあの瞳《ひとみ》で。

　わたしは肩をすくめた。

「考えとくよ。人妻のおねえさん」

「……冗談よ」

　千夏の声が急に低くなった。ぷいっと笑顔になり、ぱたぱた手を振ると駅の奥に消えていった。

　ゴオォォォォーッ……。

　地下鉄がまた地響きのような音を響かせていく。

　わたしはゆっくりきびすを返して、また歩き始めた。

　足が重い。電信柱を、ブーツのかかとで思い切り蹴飛《けと》ばす。小声でつぶやく。

「冗談言うなよ……」

　見上げると、星がかすかに見えた。明日は晴れるらしい、と思いながら、わたしはブラブラと歩き続けた。

☆

　翌日。

　アルバイト先のビデオ屋で、入荷したばかりの新作ＤＶＤの登録作業をしていると、店長のオッサンが小走りにやってきた。

オッサンが忙しそうにしているときは、本店から誰かが視察にきているときだ。なにもやってないくせに、右に、左に、走り回る。

……しばらくして視察の人間が帰ると、オッサンは走り回った反動で、動かなくなる。

わたしの前で足を止めて、

「おい、煙草」

「……自分で買いなよ。毎日毎日、もらい煙草じゃ不味《まず》いでしょ？」

わたしが不機嫌な声で答えながら顔を上げると、オッサンは……。

カウンターに両肘《りょうひじ》をつき、やけに興味深そうにこちらをみつめていた。

「……なんだよ、こえーな。朝から機嫌悪いぞ、アレックスちゃんよ」

わたしはポケットから煙草の箱を取り出して、オッサンの顔面めがけて投げつけた。なんとかキャッチしたオッサンに向かって、

「もしかしてオッサン……」

「オッサンって呼ぶなってば」

「オッサン、キューブリック派？」

「おう。……おめーは？」

煙草をくわえながら、我が意を得たりというようにうなずいている。

「デビッド・リンチ派」

わたしからライターを借りようと伸ばしていたオッサンの手が、ぴたりと止まった。危ぶむような目つきで、

「マジかよ⁉」

「……それはこっちのセリフだって」

オッサンは機嫌を取るように、小声で、

「アーンド、タルコフスキー派」

「悪いんだけど、わたしはクローネンバーグ派」

オッサンの顔がきりきりと引きつった。固い顔をして、

「じゃ、文学は？」

「三島《みしま》派。オッサンは？」

「……太宰《だざい》派」

仲がよかったはずの二人の間に、この日、埋められない溝ができた。どす黒い緊張が走る。

オッサンは、一度はつかんだわたしのライターを、そろそろとカウンターに戻した。あちこち探したあげく、ようやく、誰かの忘れ物らしい百円ライターを探しだして火をつけた。

ちらりとこちらを見て、

「こっち見んなよ」

「オッサンこそ、あっちいってよ」

睨《にら》みあう。やがてオッサンがボソッと、

「……国宝の金閣寺、もくもく燃やすようなやつによー」

「玉川上水でうっかり溺《おぼ》れ死ぬようなやつによ」

言い返すと、オッサンはムキになった。「溺れ死んだんじゃねぇ！　心中だ！」と叫んでいる。

客がやってきたので、わたしはそちらの相手に回った。

最近、よくやってくる中学生の男子だ。基本ラインを押さえようといろいろ借りているところをみると、映画好きの彼女でもできたのだろう、と、わたしたち店員は勝手に推測し、応援していた。さて、今日のこの少年のラインナップは……。

なんと『二〇〇一年宇宙の旅』と『裸のランチ』と『隣の女』だった。おっとっと。

感心な子だ、とは思いつつ、わたしは小声で、

「おい、君ね。……この三本、一気に観ちゃダメだよ」

「どうしてですか？」

「気が狂うから」

一瞬置いて、中学生はニヤーッと笑った。どうも、かえってその気にさせてしまったらしい。マズッた……。

心配そうにその後ろ姿を見送っていると、オッサンがわたしに近づいてきた。耳元で、

「おい、天王寺。あやまれ」

「……は？」

わたしが散らかったカウンターの中を片づけながら、キョトンとしていると、

「俺のことはいい。太宰にあやまってくれ」

「………」

この話、まだ続いてたのか……。わたしは面倒くさくなって、

「金閣寺だって三島が燃やしたわけじゃないでしょ？」

「えっ？　じゃ、誰だよ」

「誰って……さぁ？　知らないひと」

それだけ言うと、もとの作業に戻り、さっさと進めることにする。今日はあまり、へんなおじさんの話し相手ができる気分じゃなかった。

だいぶ新作ＤＶＤの山が減ったころ、まだその辺りをうろうろしていたオッサンが、ふいにつぶやいた。

「あー、俺も心中とかしてーなー」

「……は？　昼間っからなに言ってんの？」

「この不確かな生をさ、できることなら自分の手で終わらせたいんだよ。でも……一人じゃ無理だ」

わたしはＤＶＤの山を持ちあげながら、答えた。

「そんなことといって、オッサン、女だけ死なせて自分は息を吹き返すなよー。……太宰みたいにさ」

「うん……。俺、でも、そういうことしそうな男なんだよな」

「うん、しそう」

DVDの山を片づけて戻ってくると、またつぎの山を持ちあげる。

なんとなくつぶやいた。

「わたしはさ、もし女の人とそういうことになったら、ちゃんといっしょに死んであげるよ」

「……だろーな、おめーは」

バイトが終わる時間になる。

わたしは奥の部屋に入ってエプロンを外した。昨日、渡された手紙を燃やした洗面台の上に、かすかにまだ黒い灰が残っていた。

横目でそれを見ていると、オッサンがドアの外から、

「にしてもさ、昨日のあの女子高生、かわいかったよな」

「…………」

「ああいう子と無理心中してーなー……しちゃおっかなー……」

「……あぶないオヤジ」

低い声で言うと、オッサンも低い声で、

「オヤジはたいてい、危ねぇんだよ。若い女はそれを知らねーんだ」

わたしは肩をすくめた。

鞄《かばん》とヘルメットを持ち、ビデオ屋を出る。

振り返ると、オッサンはもう店の奥に姿を消していた。

☆

夕方六時三十分。

廃校の教室に集まったわたしたちは、いつものように社長を中心にミーティングに入っていた。

薄暗く陰ってくる窓の外を見るともなく見ていると、離れた席に座っていたミーコが、そうっとこちらに近づいてきた。わたしの耳元に禍々《まがまが》しく口紅を光らせる唇を近づけて、吐息をつく。耳がくすぐったい。

「……なに？」

「明日の夜、ひま？」

「ショーが終わった後？　べつにひまだけど」

「あのさ、わたしの昼のバイト先で、ミーコ女王様さよならパーティ、やってくれるんだって。よかったらきてよ。最後だしさ」

「あー。おっけ」

ミーコはにっこりした。そのままそろそろと、隣の机に座っている千夏に近づいていき、同じことをささやいている。

千夏が「バイト先って？」と小声で訊《き》き返すのが聞こえた。

「SMクラブ～」

「……うそー。行く！　ぜったい行く！」

ギョッとして千夏の顔を見ると、好奇心でキラキラ輝いていた。うれしそうに「いろいろ教えてね、ミーコさん」と言い、あろうことか、二人で指切りげんまんまで始めている。

「指切りげんまん♪　千夏ちゃんに、SMのこといろいろ教えてあ～げる♪　指切った♪」

「きゃー、うれしい。なに着ていこう～？」

……なんかおかしくないか、この二人？

あきれていると、社長が間延びした声で、

「それで、ええと……本日の最終試合。皐月VS上海娘リリーちゃんで」

「…………へっ？」

わたしたちは三人で顔を見合わせた。

千夏とバッチリ目があった。妙に恥ずかしくて、先に視線を外す。

なぜか千夏のほうも、落ちつかないようにうつむいて、黙りこんでしまった。

それきりわたしと千夏は、ショーが始まるまで声もかけあわず、目も合わせなかった。

揺れる松明《たいまつ》の炎。

黒々とした男たちの影。大音量のロックに合わせて足を踏みならすその振動。

黒い檻《おり》の中に、手錠を外されて放りこまれたわたしが一人、ふてくされたようにしゃがんでいる。くわえ煙草。白いライトがつき、わたしの姿を照らしだす。銀に染めた髪と、白ランの眩《まぶ》しい白がライトを照り返すように輝く。

誰もいない八角形の中。

その孤独と、閉塞《へいそく》と、絶望に、わたしは満足する。あぁ、ここが気に入ってる、と思う。

その檻を、侵入者が乱そうとする。

そいつは敵だ……！

鉄扉が開き、手錠を外された、長い黒髪の女が、檻に放りこまれてくる。女はよろけて床に膝《ひざ》をつく。

つぎの瞬間、顔を上げる。

女……安藤千夏もまた、べつの顔をしている。檻にいるときのここの女たちの顔だ。飢えたような、悲しげな、でもなにかのエクスタシーに酔い続けているような、弛緩《しかん》した表情。

千夏も、わたしと同様、相手を、自分と檻との関係性を揺るがす者、邪魔な者、と認識するのがわかる。千夏は上目遣いにわたしを睨《にら》み、首を左右に振って、ゆっくりと立ちあがる。幽鬼のようにゆるゆると。そして、両腕を顔面ガードに上げる。

檻の外から歓声が上がる。客から二人ともに声がかかる。

わたしはどすんと立ちあがって、千夏を睨んだ。

ゴングが鳴る。

わたしは構えもせず、いきなり、軸足をスライドさせて横蹴《よこげ》りで突っこんでいった。千夏がふっとばされて檻に激突する。

ガシャーン――！

派手な音に、客が沸く。千夏の黒髪が床に散らばる。わたしはその髪を踏みつける。

千夏の拳《こぶし》が、わたしのくるぶしを思い切り殴りつける。その痛みに、わたしは飛びあがる。その隙に千夏は起きあがってサイドに回り、わたしの視界の外から、ハイキックを狙ってくる。

十字受けでブロックしたまま、その足を両手で包みこんでキャッチし、引き抜くようにして千夏を地面に転がす。千夏は起きあがり、また構え直す。倒して引きずっても、すぐに起きあがってくる。清く正しいファイターである千夏の身に、染みついているはずのパターンを、わざと崩すこの戦い方でも、彼女を翻弄しきることはできない。わたしは作戦を変えようとする。

千夏の鋭いハイキックが、右から、左から、襲ってくる。わたしのわざとガードを下げた構えを見て、上を狙うことに決めたらしい。わたしはそれをかいくぐって、今度は千夏に接近しようとした。千夏も譲らない。軽いがテクニカルな牽制蹴《けんせいげ》りの連続にわたしも苦戦する。

目が合う。

ただ戦うことだけだった千夏の瞳《ひとみ》に、ふいに、表情らしきものが浮かんだ。

わたしへの、感情……？

それを受け取った途端、わたしの瞳にもなにかが浮かんだのに気づいた。あわてて打ち消そうとする。無心にただ戦おうとする。

千夏も焦っている。

二人とも、なんとかもとの状態に戻ろうとし始める。戦おうと焦る。それは皮肉にも二人の共同作業になる。だが……どうしても……わたしたちは再び息を合わせることができない。

互いに間合いを取りながら、相手の出方を待ってみつめあう時間が増えてしまう。わたしが先にミドルを繰りだす。千夏もハイを蹴るが、さっきまでとちがう。キレのない中途半端な蹴りだ。

スピードを増しながらいくつかコンビネーションを出し合うが、嚙《か》み合わない。互いのリズムがちがう。お互いに相手を打ち消し合うだけで、なにも生みだせない。見合っているかと思うと、同時に同じ技を出して潰《つぶ》し合う。

戸惑いの時間が過ぎ、おそらく同時に……。

わたしも、千夏も、やり方を変える。

今度は、勝ちを拾うために、強引に相手をねじ伏せようとし始める。

自分の攻撃を数多く繰りだして、ただ潰そうとする。わたしの接近戦からの突きと膝蹴りの連打を、千夏はサイドに回りこんでハイキックを連発し、乗り切ろうとする。千夏が回りこむことで作った間合いを、わたしが強引に潰す。接近してくるわたしを、千夏はストッピングの前蹴りで止めようとする。かまわず突っこんでくるわたしに、何発も何発も前蹴りを繰り返して邪魔をする。

意地と意地。我を張り合う神経戦にもつれこむ。

次第に、身に染みついたはずのものが抜けていく。

攻撃と防御のバランス。

ただ、攻撃を数多く入れたいという要求に、理性が負け始める。カッとしすぎていることに、頭の芯《しん》では気づいているけれど、このまま暴走したい熱に負けてしまう。千夏のフック、ミドルキックを、わざと受けない。体でもらい、そのまま同じ技を返す。わたしが鎖骨打ちを繰り返すと、千夏もまた、それを防御せず、同じ技を返してくる。

なんていやな女なんだろう。

こんなやつ大ッキライだ。

わたしは腹が立ってくる。千夏も怒っている。二人でムキになって、殴り、蹴り、それをもらう。

最初にこの女に会ったとき、なぜかすごく腹が立ったことを思いだす。

時間が過ぎていく。

頭がバッティングする。そのまま二人とも頭をくっつけあう。わたしはふいに、

「……あんたなんか大ッキライだよ」

つぶやいた。

おそるおそる千夏の顔を見る。彼女の顔は歪《ゆが》んでいた。傷ついたんだ。彼女はそのまますうっと両手を出し、わたしの後頭部を抱えると、鳩尾《みぞおち》めがけて膝蹴りを叩《たた》きこみながら、絞り出すような声を出す。

「いっしょに死んでよ」

その言葉と、鳩尾にダイレクトにくらった衝撃で、呼吸ができなくなる。わたしはがっちりと首相撲されたままで、

「……いーよ」

「うそよ」

「うそいうなよ。こっちは本気なんだから」

「そうなの？　うそついてるのはそっちじゃない」

ふいに……千夏のフォームがガラッと変わる。

あの美しい無駄のない動きはどこにいったのだろうと驚くぐらい、腰の切れていない、

女の子が怒ったときに恋人の胸を叩くような、ペタペタペタッとした猫パンチを連発する。

あれ?

泣いてんの、千夏……?

どうして?

ふっとテンションが下がり、涙目でわたしの胸を叩いている千夏を見下ろす。千夏の顔はわたしのパンチで、ところどころ赤黒く変色している。わたしの顔もそうなんだろう。カッとなった頭が冷えてくると、唇が切れて血が流れていることや、瞼《まぶた》が腫《は》れていることに気づく。

「ねぇ、千夏……」

「キライってゆった。キライってゆった。キ、キライって……」

わたしはあわてて小声でささやいた。

「うそうそ。キライじゃないよ、キライじゃない。……ねぇ、なんなんだよその猫パンチ。ださっ」

「わたしのことキライってゆったぁ…………………」

全身を疲労感が駆けめぐる。

試合時間終了のゴングが鳴り響いた。わたしはガックリと肩を落とし、疲れ切ってその場にしゃがみこんだ。千夏はそこに立ったまま、手の甲で顔を覆い、しゃくりあげている。

ライトが消え、檻の中は真っ暗になった。ため息とともに夜空を見上げる。

星が瞬いている。

社長のアナウンスが聞こえてきた。

どうやらいまの試合はわたしの勝ちらしい。あのままならドローだけど、最後の千夏のぐずぐずぶりが効いたのだろう。

千夏は暗闇の中で、ぺたんとその場に座り、わたしのほうに上体を倒して寝っころがった。わたしの膝《ひざ》の上に頭を乗せて、まだしゃくりあげている。

困った……と思いながら、仕方なくその頭を撫《な》でてやる。つやつやの黒髪が床に散らばっていた。

「キライってゆった……」

……まだ言ってる。わたしは舌打ちして、

「キライだよ。バカ。千夏なんてキライだ」

「皐月、バーカ!」

ムッとした。怒りたいけれど、まだ泣いているので怒りにくい。千夏は調子に乗って
「ウマにシカと書いてバカ! 皐月バーカ!」とつぶやいている。

困った……。

夜空を見上げる。わたしはふと気づいた。

檻《おり》の中で、いま初めて、一人ではなく誰かといるのだということに。

わたしはますます途方に暮れた。

帰る前のミーティングが終わった。氷を包んだタオルで顔を冷やしているわたしと千夏を遠巻きにしながら、女の子たちは更衣室代わりに使われる理科準備室に消えていった。

二人、人のいなくなった教室にポツンと残る。教室の端と端に。まるで冷戦だ。

ドアが開いて、最近なにかとチョロチョロしているエロガキの武史が入ってきた。「あのさー、皐月さんさー。俺さーやっぱ悩んで………」と言いかけて、顔を冷やしている女二人に気づき、ギョッとして立ち止まる。

「なに、喧嘩《けんか》？」

「……なんでそうなるんだよ」

「もしかして一人の男を取り合って、みたいなやつ？　え、相手誰？　社長？」

「そんなはずないって。試合だよ試合」

「なんだ。つまんね……」

武史は肩を落とした。それから、わたしになにか言おうとして、気兼ねするように千夏のほうを見て……「やっぱいいや。バイバイキン」つぶやき、肩を落として帰ろうとした。

と、急に走って戻ってきて、

「そうだ。昨日の夜さ」

「……ん？」

武史は小声になった。内緒話をしようと顔を近づけてくるので、虫を追い払うように手の甲で押し戻す。

「なに？」

「……電話、あった」

「誰から」

「…………まゆっち」

わたしは武史の顔を見た。

……まゆが、武史にだけ連絡を？

それはわかるようなわからないような、微妙な話だった。仲がいいような、まるっきり通じていないような、よくわからない二人だった気がする。わたしはつとめて落ちついて、

「なんだって？」

「んー……」

「元気そうだったか？」

「…………よくわからん」

「アホ！」

武史はなんとも言い難い顔をしていた。

わたしは、武史をちょいちょいと呼び寄せた。また顔を近づけてくるので、手で払いながら、

「武史、それ……言うなよ」

「誰に」

「ミーコに」

「………なんでー？」

「なんでも」

武史はキョトンとしながらも、わかった、とうなずいた。

肩を落として、いつになくしょんぼりと外に出ていく。

なんなんだろうな、いったい……？

女の子たちが石鹸《せっけん》の匂いをさせながら理科準備室から出てきて、バタバタと帰っていく。

みんな、わたしと千夏のほうを見ないように、こそこそとした仕草だった。

ミーコだけが足を止めて、教室に入ってきた。平然とわたしを見下ろす。あきれたように首を振ってみせ、

「……すんごい顔」

「うるさいな」

ミーコとみつめあう。なにか言いたそうな顔をしている。一瞬、まゆのことを言おうか迷って……やめた。

「なに？」

「……なんでもない。また明日な」

ミーコがこちらに近づいてきた。大きなお尻《しり》を振りながら。

「皐月がさぁ」

となりの机に座って、ぼそりと言う。

「感情的になるの、初めて見た」

「…………」

「まさに、キャットファイト」

「……ほっとけ」

「いつも冷静沈着に試合運びするのにね。驚いた」

なにか言いたそうな顔をして、わたしをみつめて、それから、机を二つくっつけて横になっている千夏のほうに視線を流す。

結局、それ以上なにも言わずに、立ちあがって「おやすみ……」と微笑み、教室を出ていった。

ウェイターたちも掃除を終え、帰っていく。教室に残ったのはわたしたちだけになった。立ちあがって、千夏を覗《のぞ》きこむ。彼女は机に横になったまま眠ってしまったようだった。

わたしは先に着替えようと、理科準備室に向かった。

乱暴に白ランを脱ぎ、サラシをほどいていく。千夏の拳《こぶし》が切れていたらしく、サラシにも白ランにも、点々と赤い血がついていた。

千夏のイメージって、赤だ。衣装も真っ赤だし……と思いながら、全部脱ぎ散らかす。

鏡を見る。

ひどい姿だった。ミーコがあきれるはずだ。顔は腫《は》れあがって、唇の端が大きく切れて血が乾いている。胸元を中心に、赤や紫に変色した楕円形《だえんけい》の打ち身が散らばっている。腰骨の辺りにも濃い紫色の打ち身がいくつか。足も、ローキックをもらった場所が何ヵ所も変色している。

傷だらけ。

こんなになったのは、高校の部活以来だった。わたしは、久々にこんなだなぁ、と苦笑いしながら、バスタオルを片手に窓から這《は》いだした。

外のシャワーコーナーに出て、お湯を出す。

傷がしみるのに顔をしかめながら、髪を洗い、顔と体を洗い、流していく。湯気が立って、スモークをたきすぎた舞台みたいに一寸先も見えなくなった。

背後で音がしたように思った。

わたしは素早く振り返った。

カーテンが揺れて、その後、ゆっくりと窓が開いた。誰かが入ってこようとしている。

わたしはあわててバスタオルを手にとり、体をくるんだ。

「千夏……？」

声が動揺する。

「こないで！」

千夏は無視して、ズカズカと入ってきた。わたしは恐慌状態になった。シャワーを止め

るのも忘れて、

「こっち見るな！」

千夏はあきれたように歩みを止めた。傷ついたように、

「そんな、怖がらないでよ」

「怖いんだよ！」

「わかってるけど！」

千夏は立ち尽くしていた。

夜空が急に遠くなった気がした。どこからか夏の虫の鳴き声がした。水の音がザーザーと二人の間に落ちてくる。

二人きりだ。

千夏はわたしの拒絶の横顔をみつめていた。次第に、彼女の心に悲しみや寂しさが押し寄せていくのがわかる。わたしは唇を嚙《か》んでますますうつむいた。

しばらくして、千夏が小声でつぶやいた。

「見ないわよ。見られたくないなら、見ない」

「…………」

「こっち見てよ。わかってて入ってきてるんだから、いいでしょ。ほかの子とちがうもの」

わたしは顔を上げた。

激しい怒りがこみあげてきた。千夏は悲しそうな顔でわたしの前に立っている。彼女も裸だった。一瞬、霧が晴れるようにその白い体が見えた。

「いっしょに死ぬって言ったでしょ。だったら、いっしょに生きてもいけるでしょ。それともそれはまったく別のことなの？　わたし、男の人ってわからないから」

「……出てって」

千夏ははっと息を飲んだ。傷ついたように後ずさり、

「…………うん、わかった。皐月、ごめん」

「出てけ！」

「ごめんなさい」

千夏は早足で出ていった。窓が静かに閉まる。

わたしがシャワーを止めて、冷静になり、理科準備室に戻ると、千夏はもういなかった。まさかあの子、一人で帰ったんだろうか。昨夜のあの危ない夫、またいるかもしれないのに……。

荷物を見る。残っているのはわたしの鞄《かばん》だけだった。わたしはサラシを巻くのを省略して、急いで服を着て、鞄に詰めこみ、ヘルメットを抱えて廃校の正面玄関を飛びだした。正門の辺りに、千夏の後ろ姿があった。男の姿は見えなかった。走って追いつくと、千夏は振り返った。

赤く腫れた瞼《まぶた》と、頬。顎《あご》は紫色だ。

「…………ひどい顔」

ついつぶやくと、千夏はふくれた。

「妖怪みたい」

「……自分だって」

並んで歩きだす。千夏が不思議そうに、

「なに？　なんなのよ！」

「……駅まで送る」

「なんで！」

「危ないから」

小声で言うと、千夏は知らんぷりして歩きだした。

黙ってとなりを歩く。

千夏がふいに「ねぇ」と言った。

「手、つないでいこうよ」

「…………なんで？」

「つないだら、キライって言ったの許してあげる」

一瞬、カッとなった。反発してなにか言おうとして……つぎの瞬間、わたしはなぜかおずおずと、彼女に手を差しだしていた。千夏がにっこりする。

彼女のひんやりとして少し湿った手が、わたしの手のひらを包みこむようにして、握った。

　黙って歩く。

　わたしのブーツの音と、千夏のサンダルの音が、静かな夜中の歩道に響いている。

「帰らないの？」

「……………」

「夫のところに」

　千夏は答えなかった。

　沈黙が流れた。やがて千夏が、小声で、

「ゴーホーム……」

　とつぶやいた。

「は？」

「わたしの好きなマンガでさ。高校生の女の子が夏休みに家出するって話があるの。いろいろ家庭の事情があって家出しちゃって、夏休みの間、山小屋に隠れてるわけ。それでいろいろ考えたりさ、するんだけど。最後、夏休みの終わりに山火事になってね。その子は必死で走って、山を下りるの。ぜったい下りたくなかったその山を」

「うん……」

「山にはみみずくって鳥がたくさん住んでてさ。そのみみずくが一斉に鳴くの。必死で走ってる女の子の耳に、みみずくの鳴き声はこう聞こえるの。『ゴーホーム！　ゴーホーム！』」

「ゴーホーム……？」

「ん。山が震えるほどの鳴き声で、家に帰れ、家に帰れ、って。女の子は走り続けて山を下りて、家に帰るんだけど。見開きでさ、走ってる女の子と、山と、ゴーホームって鳴き声だけのシーンがあってさ。わたし、けっこう好きなんだ」

黙っていると、千夏が、

「……へんな話でしょ」

「うん」

顔を上げると、千夏が夜空を見上げていた。子供のようにあどけない表情を浮かべている。わたしは歩きながら、千夏の横顔をみつめつづけた。足音だけが響いている。

千夏がこちらを見た。目が合うと、薄く微笑した。

「きっと、みんなさ、お家に帰りたいんだって思わない？　どっかに帰りつきたいんだけど、でも、そのお家って……どこだろ………？」

千夏の細い、冷たい指が、わたしの手のひらにからみついてくる。

白蛇みたいだ。

「家がいやで、高校生のときにケッコンしたけど、そこもいやになって飛びだしてしまった。だからもう帰る家がないのに、それでもどこかに帰りたいなんてねぇ。へんねぇ、わたし」

「でも、さいきん思うの」

「なに？」

「実家でも、夫のいる家でもないわ。わたしが帰りたいのは、いつか作るはずのわたしの家庭なのよ。そこにはきっと、愛《いと》しい人と、守りたい子供がいて、わたしはとても幸せ。でもね、その家はまだないの。未来にしか。だから帰れない。どこにも」

わたしは黙っていた。

千夏もそれきりなにも言わない。繋《つな》いだ手だけが、歩くたびに揺れている。

……駅が近づくと、彼女は一転して明るい声で、

「あー、明日が楽しみ。ＳＭクラブなんて、初めて！」

「……普通そうだよ」

「ねぇ、なに着ていこう？」

「ちょっとだけドレスアップすれば？　ミーコのために。あいつはそういうの喜ぶんだ」

「そっかぁ」

千夏は傷だらけの顔で、なぜか幸福そうに微笑した。

駅の階段を走りおりていく。

一度振り返って、こちらに手を振った。

さっき見えた白い体が、一瞬、脳裏を行きすぎていった。わたしは頭を振ってその残像

を追い出そうとした。
ゴーホーム……か。
いっぽう、わたしには帰りたい家があるのだ、とふと思った。
だけど……。
無理だ………。
手紙のフレーズがまた思い出されてしまう。

〝どうしていますか？
元気にしていますか？
ご飯をちゃんと食べていますか？〟

わたしは頭を振る。
ヘルメットを抱え、とぼとぼと廃校のロータリーに戻っていく。

〝お母さんもね、寂しいです。
それに、怒ってもいます〟

〝さっちゃん、あなたなにを考えているの？〟

バイクでマンションまでの道を飛ばしながら、帰りたい家のことを考え続けた。

ゴーホーム……。

みみずくの鳴き声が聞こえてきそうだった。わたしは首を振り、バイクのスピードを上げた。

☆

翌日の夜。

『ガールズブラッド』のショーが終了した、真夜中。わたしたちは連れだって、ミーコを先頭に六本木通りを歩いていた。今夜のミーコはおとなしくて、めずらしく、肩を出した黒いミニドレスにサンダルというシンプルな服装をしていた。

女の子たちは、普段はTシャツにチノパン姿でやってくる子まで、巻髪にして腰にチェーンベルトを巻いたりと、夜遊び用のファッションに身を包んでいた。ミーコに敬意を表して、ということだろう。一人がマンホールの穴にピンヒールを突っこんでしまい、仰向《あおむ》けにスッ転んで大騒ぎになった。楽しい気分が伝染していき、みんな無邪気な笑顔になっている。

千夏は黒髪をポニーテールにして、ミーコが着ているのとよく似た、黒いミニドレス姿だった。そうしていると、ミーコと千夏は、陽と陰に分かれた魂の双子のようにも見えた。

千夏がわたしに近づいてきて、

「へへへぇ」

「……なに笑ってるんだよ」

「SMクラブ～。楽しみ～」

「へんなの……」

打ち身と擦り傷で腫《は》れている千夏の顔を、あきれたように見下ろした。わたし自身もまだ顔を腫らしている。表情を動かすと、切れた唇の端に痛みが走った。

その店は、目立たない木の看板が一つ出ているだけの、シンプルな外観だった。ミーコの後について、わたしたちもぞろぞろと入っていく。

「……ディズニーランドみたいだな」

わたしがつぶやくと、となりにいた女の子も「ほんとー」とうなずいた。

店内は薄暗くて、ところどころにほの赤い間接照明が輝いていた。海賊の隠れ家風のインテリアに、黒い鋲《びょう》やチェーンが輝いていて、どこかカリブの海賊を思わせた。普段は仕切りを作り、個室として使っているところを、今夜だけ大広間にしてあり、壁際にお酒やフルーツで溢《あふ》れるテーブルが並べられていた。

ミーコは愛されているようだった。次々に出てきたバイト仲間の女王様たちが、ミーコに抱きつき、頬に唇をつける。ミーコの左頬がたちまち赤やピンクのキスマークでいっぱいになった。最後に出てきた店のオーナーらしき女性——真っ赤なエナメルの衣装に、赤と黒の格子縞《こうしじま》のピンヒールを履いたどえらい美人——が、両手を広げてミーコを抱きしめたかと思うと、ぶちゅーっと唇を合わせた。

ミーコが窒息して死ぬかな、と思ったころ、ようやく唇が離れた。それから、ミーコとさよならすることについての挨拶《あいさつ》を始めた。それが終わると、一斉に拍手が鳴り響いた。

隅に、目立たないように立っている男たちは、どうやらお客さんたちらしかった。女王様たちは彼らを「奴隷ども」と呼んでいた。その一人がこちらに気づいて、近づいてきた。

「よう、天王寺」

暗闇で目を凝らす。よく見ると師範代だった。

「あ、どうも。師範代もきてたんですか」

「ああ」

となりに隠れるように、武史も立っていた。いつもの元気がない。うつむいて、気配を殺すように体を縮めている。

店内には、SMと合っているのかいないのか、スティングの『BRAND NEW DAY』がゆるゆると憂鬱《ゆううつ》げに流れていた。店の真ん中に、女王様と奴隷が一組出てきて、パフォーマンスを始めた。女の子たちが興味津々《しんしん》でみつめている。わからないことがあって質問すると、手近の奴隷か女王様がていねいに説明してくれているようだった。

シャンパンが抜かれ、歓声の中、全員に振る舞われた。下戸《げこ》のためにご丁寧にシャンメリーまで用意してあった。感心していると、ミーコが「SMは気配りなのよぅ」と、もう酔っているような高い声で言って、ニコニコ笑った。

隅にあるバーカウンター——普段は受付カウンターらしい——にもたれて、煙草をふかす。

誰かがとなりにやってきた。

気配で誰だかわかった。

彼女はいきなり言った。

「……男でしょう？」

わたしは顔を上げた。

怒ったように、となりに立つ彼女を見下ろす。

腫れあがった顔。

彼女はそっぽを向きながら、続けた。

「最初に会ったとき、わかったわ。目があったとき。ねぇ……いったいどうして誰も気づかないの？」

「……知らない」

「皐月は男の子。だから、気づいてない子の裸とか見ないように、気を遣って、更衣室に入らないようにとかしてたんでしょ。本当は、女子更衣室入り放題、シャワー入り放題なんて、楽しいのに」

「……べつに気を遣ってるとかじゃないよ。そんなんじゃない」

わたしは言いかけて、言葉を飲んだ。

もし無人島にいたとして……。

誰もいないし、食べるものもないのに、見るだけただでおいしいものを見せられたら、どう思う？

わたしは、食べられないものなんて見たくない。

わたしはずっと、無人島にいたんだ。

こんな大都会で、人に囲まれて。

男も女も、若いやつも年寄りも子供も、うじゃうじゃいて。

だけどここは無人島だ。食べられないものの蜃気楼《しんきろう》に囲まれてるだけ。

わたしは煙草を灰皿に置いた。煙が天井に向かってまっすぐに上っていく。となりに立つ安藤千夏の肩に、ポテッと頭を預けた。

千夏はビクッとして、しばらくじっとしていた。それから、おそるおそる、わたしの頭を撫《な》でた。ふいに野生動物に甘えられて、こわごわと様子を見てるみたいに。

「見たくないし、見られたくないんだ……」

千夏は黙っている。

わたしは続けて、聞こえなくてもいいや、ぐらいの小さな声で、言った。

「物心ついたときから、男だと思ってた。段々、おかしいなって思いだした。学校の制服とか、苦痛だった。スカートをはくのも、女子の列に並ぶのも。男の目で世界を見てたし、男の目で女を見てた。女として扱われるのが辛かった。思春期とかとくに。なにかが絶対にまちがってると思ってて、だけどどうしていいかわからなくて、ずっと……」

するすると言葉が出てきた。長い時間、注ぐべきグラスを探していたみたいに。嘘みたいに簡単だった。

千夏がわたしの頭を抱きしめている。細い指が、短い髪を撫で続けている。

そうだ、ずっと……。

わたしは、おかしいと思ってたんだ。

だけど、口には出せなかったし、かといってなにも変えられなかったんだよ。どうしても。

うちには兄弟はいなかった。

わたしは中流家庭の一人娘だった。適度に甘やかされ、適度に口うるさくされながら、普通に暮らしていた。空手をやり始めてわたしが夢中になると、両親は応援してくれたし、でも期待しすぎて追いつめるほどではなく、勉強もしなさいよ、とたまに注意するぐらいだった。理解ある、バランスのいい家庭だったと思う。

私服は男みたいな服だったけれど、なにも言われなかった。たまに、ボーイフレンドできないの、なんて聞かれて、強《こわ》ばるわたしの顔に気づくと不思議そうにしていた。娘として、適度に大切に育てられた。

問題なんてない家庭だった。

わたし以外は。

体がどんどん女性らしく変化していくことに、静かなパニックを感じていた。欲望の対象は女の人だけど、女が女を好きっていうのとは、どこかしらちがった。わたしはずっと、自分を、男のはずだと思っていた。この体がおかしいって。

でもそんなこと、誰になら話していいの？　大切に育ててくれてる親？　同性の親友のつもりでいる女友達？　気のおけない友達のつもりでいる男友達？　まさかいのちの電話とか？　……どれも絶対ちがうよ。

わたしは愛とか友情とかいっぱいの、無人島にいた。

ごまかして頑張り続けていた。

誰も気づかなかった。思いもしないことだから。わたしも、自分のことなんかで、誰も悩ませたり傷つけたりしたくなかった。

ある日……。

「……なに？」

言葉を切ると、千夏が不思議そうに訊《き》き返してきた。

切れ長の瞳《ひとみ》。首筋にかかる後《おく》れ毛。細い首とくぼんだ鎖骨の、芸術的なライン。こんなきれいな女にこんな話してる自分が、情けないような、かわいそうな気がしてきた。

「なによ」

「言いたくない。かっこ悪い話だから」

「わたし、大人になってからオネショしたことあるの。スイカを丸ごと買ってきてカレースプーンでむさぼり食べた夜に」

わたしは千夏とみつめあった。

「…………わかった。話す」

「うん」

「エロ本みつかった」

「……………………ださっ」

千夏は短く言うと、わたしに顔を近づけて、耳元で「ださっ」ともう一回言った。わたしは観念した。もう話してしまおう。

高校二年の終わり頃。

そろそろ進路を考える時期だった。スポーツ推薦で大学に行き、実業団入りし、空手を続けようと思っていた。わたしの生活には学校と空手しかなかった。世界を広げると収拾がつかなくなりそうだった。当然のようにこのまま殻に閉じこもって生き続ける気でいた。

母親がみつけたのは、ほんと、男用のやつだった。まぁ、女が興味本位で持っててもおかしくはないかもしれない。だけど、わたしにとっては、股《また》の間にはさんで隠し続けていた尻尾《しっぽ》を、後ろからいきなりひっつかまれたような事件だった。

父親に庇《かば》われた。

俺のだー、とお父さんが言った。

なんですかこんなの家において、年頃の娘がいるのにー。

みたいなのんきな会話が続いた。

……家出した。

情けなくて、忌《い》まわしくて、自分をどうしたらいいのかわからなかった。庇ってくれたときの父親ののんきな顔が脳裏に刻みこまれていた。

あのとき話していれば。

わたしの人生はちがったかもしれない。

母親は気づいてなかったし、父親は、真面目なスポーツ少女に育ったけど、そういうことにもそろそろ興味がなー、ぐらいに思っているらしかった。

わたしは後も見ずに逃げた。

高校を中退し、一人暮らししてアルバイト生活をすることにした。

それから一年半。

とつぜん人生を投げだした一人娘のことで、もちろん両親は苦しんでいるし、わたしも、苦しませていることを知っている。

でも、どうしても帰れない。

逃げたつもりで、こうやって別の場所で生き続けているけれど、ここにいても結局は同じなのだ。無人島。いい女がいて、女の体のまま猛《たけ》り続ける自分がいて、人生は世田谷《せたがや》の一通《いっつう》地獄みたいにますます入り組んでいる。

ただ、あの八角形の檻《おり》に入って軍鶏《しゃも》になっているとき。それから、バイクを飛ばしているとき。そのときだけは自分を忘れられる。

「だからさ……いやなんだ、千夏」

わたしはつぶやいた。

「昨日みたいに、その……入ってこられるの」

「うん……」

「女に、自分の女の体見られるの、本当にいやなんだ。恥ずかしい。……好きな女にはとくに」

最後の言葉のところで、BGMが高らかになり、声をかき消した。千夏が「えっ？」と訊き返してくる。わたしは知らんぷりして、顔を背けた。

店の中央で、ミーコのショーが始まっていた。奴隷役はなんと師範代だった。ずいぶんサービス精神の旺盛《おうせい》な人だな。痛くないんだろうか。

隅の席に、武史が震えながら座っているのが見えた。女王様たちが「あらー、高校生なの」「かわいいわぁ」などとからかっている。武史は不良に囲まれたメガネ君のごとくブルブル震えていた。こちらに向かって、助けて〜というような視線を向けている。手招きすると、ものすごい勢いで走ってきた。涙目で「ヘンタイばっかりで、俺こえーよ。普通の女の人がいいよ。学校でもいろいろ考えちゃってさ、みんなどっかしらヘンなのかと思うと、クラスの女見る目も……………」ひゅうっと喉《のど》を鳴らし、立ちすくむ。

千夏がとつぜん、わたしの顎《あご》に手を当てて自分のほうを向かせた。細い首を、白蛇が鎌首をもたげるようにのばし、わたしの頰に唇をつける。わたしはしばらくされるがままになっていた。

打ち身を腫《は》らしている頰を、柔らかくてしっとり冷たい唇が這《は》い回る。まるでガラスの上の蛇のように。痛い。

「痛いよ、千夏……」

「知ってる」

「ほんとに痛い」

「ねぇ、わたしといっしょに生きて」

「いいよ」

「リコンしてあげる」

「ほんとかよ」

千夏は唇を一度離して、わたしの瞳を覗《のぞ》きこんだ。「うそよ」とささやきながら、首をかたむけ、唇を重ねようとする。

急に……。

目の前に、なにかのスイッチが現れたように思った。それは危険か、それとも逆の意味なのか……。なにかを暗示するように赤く点滅していた。

押すのか？　押さないのか？　皐月。

考えるより先に、イメージの中でわたしはそれを押した。覚悟を決めて、力を込めて押し続けた。

そばにある千夏の頭を抱き寄せて、自分から唇を重ねた。もう片方の手を肩に回す。最初はおそるおそる、次第に確信を得たように舌がからまっていく。懐かしいもののような気がした。でも初めてのものなのだった。

耳元で武史が、素っ頓狂《とんきょう》な声を上げた。

「Nｏ～～～～～～～～～～～!?」

……なんで英語なんだ？

ガキ、邪魔すんな。

わたしは片手で、武史をしっしっ、あっち行け、と追い払った。

怯《おび》えて立ちすくむ武史が、自分の少年時代と重なった。あの頃の自分を悲しいと、愛しいと、いろんなふうに感じた。

ここが無人島とはちがう、べつのどこかになりつつある。

世界が少しだけちがって見える。

わたしは男なのか。女なのか。

世界はわたしを受け入れるのか。拒絶するのか。

すべてはいまだ混沌《こんとん》としていた。でも、腕の中に女がいた。きれいな女。

生まれて初めて、わたしは腕の中に女の人を抱いていた。それはとてもきれいな、そして無力な女だった。一人で生きていけない、やわで、こわい女だった。不思議な万能感が押し寄せてきた。それをくれたのは女なのだった。なるほど、とわたしは思った。

漂っていたわたしの人生が、ふいにどこかへ向かい始める。道が見える気がする。それはわけのわからない極彩色をした見たこともない道。でも家への帰り道の一つにちがいなかった。わたしはおそるおそる歩きだした。

家に帰らなくてはいけない。

人生をやりなおさなくてはいけない。

言えなかったことを、言わなくてはいけないんだ……。

お父さんに。

お母さんに。

いまのまま傷つけ続けるより、本当のことを話すべきなのだ。

苦しんでいることを話すべきなのだ。

それを受け入れられるのか、今度こそ本当の別れになるのかはわからないけれど。それでもわたしはトライしなくてはいけないのだろう。

そうなんだ……。

わたしはゆっくり唇を離した。千夏の小さな頭をかき抱いたまま、天井を見上げた。

赤いライトがこちらを照らしている。

なぜだろう。

すべてがかなしくてたまらなかった。

お母さんが玄関を開け、

（おかえりなさい、皐月……）


と、微笑んでいる顔が思い浮かんだ。

急に泣けてきた。

わたしは、お父さん、お母さん、とつぶやきながら、頬から顎へ流れ落ちていく涙を、手の甲で拭《ぬぐ》った。

――ただいま。帰ってきたよ。

あとがき

これは、二〇〇三年の二月にファミ通文庫から刊行された作品です。それを、二〇〇八年二月である、今、角川文庫から再版しました。

貴方《あなた》が手に取って、このあとがきを読んでくれている、貴方の今は、何年の何月なのでしょうか。絶版にならず、未来に残ることに、腰が砕けるほど安堵《あんど》しています。

本書を刊行するに当たって、二〇〇二年から〇三年、エンターブレインの担当編集だった森丘めぐみさんに、大変、お世話になりました。楽しかったです。それから、二〇〇七年から〇八年、角川書店の現担当編集、金子亜規子さんにご尽力いただきました。二人ともありがとう。

なにより、昔の版を買ってくれていた、ここまで一緒に歩んできた読者の方。それから、この新しい版で出逢《であ》えるはずの、未来の読者の方に。

ありがとうございます。またべつの本でも貴方と出逢えたら、光栄に思います。

桜庭　一樹

解説　悲しいときにはコーラなの？

山崎ナオコーラ

「〝まゆ十四歳〟の死体」「ミーコ、みんなのおもちゃ」「おかえりなさい、皐月」の三話で構成されている物語、『赤×ピンク』は、均整が取れている。

私が思うには、三話とも、物語の主人公は「まゆ」だ。

この本の沸点は、この科白《せりふ》で訪れている。

「この人とケッコンするから」

「ケッコンして」「はい」というストーリー展開にはなっていなくて、女友だちに自分の意思を発表するというところに山場を作っているのが、絶妙だ。

だいたいにおいて、まゆのケッコン相手は、どういう男であるのか？　ほとんど描写されていない。「身長は百八十センチあるけれど、とても痩《や》せている。年齢はわたしと同じくらい。銀縁の眼鏡をかけた、真面目そうな……とても記憶に残りにくいタイプの顔をしていた」。これだけ。そして、ケッコンマニアであちこちでプロポーズをしているという、簡単なキャラ設定。ヒロインのケッコン相手としては、ちょっとひど過ぎるようにも思える。

　しかし、これは女の子と女の子の物語。これでいいのだ。

　まゆは、「まゆ十四歳」というキャラクターから、「真由二十一歳」というひとりの女性に変化するとき、この何者だか計り知れない男に未来を託すことを決め、ミーコたちの輪から抜けるのだ。

　このことによって、次にミーコ、そして皐月の物語が紡ぎ出される。

　この二人（特にミーコ）は、まゆの出立に際し、かなりのショックを受けている。しかし、二人とも、友だちのケッコン相手のことを、ちっとも気にしていない。見事だ。少女というものは「友だちが大人になる」ということにショックを受けるだけで、「友だちの幸せ」や「友だちの男」になんて、興味が湧かないのだ。

　まゆ、ミーコ、皐月、ともに、現実にいるような少女の「描写」として楽しむよりは、大人になった誰もが頭の中に残している少女性の「表現」というように読む方が面白い、と思う。若い読者も、キャラクターに自分を重ねるというだけでなく、物語を感じることをやってみて欲しい。

　私の場合、『赤×ピンク』の読書をしながら、まず自分自身は格闘技というかスポーツ全般が苦手で知識もなくて、それから美少女でもなければ美少女の友だちもいなくて、トラウマとも無縁の少女時代を経て大人になったものだから、「共感」という言葉では、この物語を感じられなかったのだけれど、やっぱり、「頭の中の少女性」がピコーン、ピコーンと反応した。「女の子同士のこういう物語の味わい方を、私は知っている」「これは私たちの物語だ」と思った。

ラスト近くになってから登場する千夏という存在によって、物語の終わりに、救いの雰囲気が漂わされる。

少女から大人になるときには、自分の意思を表明するということが、メインイベントになる。変化が訪れるわけだが、ただしそれは、女同士の関係を希薄にすることも、今までの家を捨てることも、意味しない。

繋《つな》がっている人とはずっと繋がっていくんだよね、そんな気分で、私は本を閉じた。

さて、桜庭一樹さんは、『私の男』で、二〇〇八年の一月に、直木賞を受賞した。

ちなみに、私がこの解説を書かせていただいている今がまさに、二〇〇八年の一月末である。おそらく、桜庭さんは現在、すごくお忙しくなっているはずだ。

私の話をするのは恐縮なのだが、私の書いた小説が今回の芥川賞の方でノミネートされていて、受賞をのがしたところなので、桜庭さんの受賞に対しての、私の正直な気持ちは、「うらやましい！」だ。

直木賞の報道を見て、「いいなー」と思った。書店を覗《のぞ》き、平台の真ん中に置かれた『私の男』を、あやかりたいという気持ちを込めて、そっと撫《な》でさせていただいた。文学賞の受賞というのは、読者や周りの人に喜んでもらえ、書店で一番いい場所に本が置かれ、文学史に名が残され、これからの仕事に追い風が吹く、というようにたくさんの素敵なことがある。

これからも、周りからの声援を受けながら、書き続けて欲しいです。文学シーンを盛り上げていってください。私も頑張ります。

ところで、この小説の中盤辺り、ミーコが皐月の部屋に押しかけ、「まゆがやめたの」と、まゆのケッコンにショックを受けて落ち込んでいるということを顔に出すと、皐月から「大丈夫か」とコーラを渡される。そのシーンで、

悲しいときにはコーラなの?

とミーコが考える一文が入る。

ストーリーとは直接的に関係のある文ではないのだけれど、「悲しいときにはコーラなの?」。私はナオコーラという名前の通り、コーラ好きなので、この一文が妙に気に入って、ときどき思い出してしまうようになった。

というわけで、ここで私も、冷蔵庫から五百ミリリットルペットボトルのコーラを出してきた。別に悲しくはないのだが。

わたしは受け取って、プルトップを開けようとした。力が入らない。皐月が「なにしてんだよ」と囁《ささや》いて、缶コーラをわたしから受け取り、プシュッと開けて、手に戻してくれた。

皐月みたいにかっこいい友だちに蓋《ふた》を開けてもらえたら嬉《うれ》しいところなのだが、私は自分で蓋を開け、ひと口飲んだ。

本作は、二〇〇三年二月にファミ通文庫から刊行されました。

本作はフィクションであり、登場する団体・個人は実在のものと一切関係がないことを明記いたします。（編集部）

赤《あか》×ピンク

桜庭一樹《さくらばかずき》

平成20年 2月25日 初版発行
令和5年 6月25日 13版発行

発行者●山下直久

発行●株式会社KADOKAWA
〒102-8177 東京都千代田区富士見2-13-3
電話 0570-002-301(ナビダイヤル)

角川文庫 15028

印刷所●株式会社KADOKAWA
製本所●株式会社KADOKAWA

表紙画●和田三造

●お問い合わせ
https://www.kadokawa.co.jp/(「お問い合わせ」へお進みください)
※内容によっては、お答えできない場合があります。
※サポートは日本国内のみとさせていただきます。
※Japanese text only

ISBN 978-4-04-428102-1 C0193

◆◆◇